U0666268

解铃人

应春柳 著

上海文艺出版社

图书在版编目（CIP）数据

解铃人／应春柳著. — 上海：上海文艺出版社，
2024
ISBN 978-7-5321-8942-7

Ⅰ. ①解… Ⅱ. ①应… Ⅲ. ①报告文学—作品集—中
国—当代 Ⅳ. ① I25

中国国家版本馆 CIP 数据核字（2024）第 009574 号

责任编辑　毛静彦
特约编辑　长　岛
封面设计　马海云

解铃人

应春柳　著

上海世纪出版集团　上海文艺出版社
上海市闵行区号景路 159 弄 A 座 2 楼　201101

上海文艺出版社发行中心发行
上海市闵行区号景路 159 弄 A 座 2 楼 206 室　201101　www.ewen.co

苏州市越洋印刷有限公司印刷

开本 880×1230　1/32　印张 6.75　插页 2　字数 141,000
2024 年 3 月第 1 版　2024 年 3 月第 1 次印刷
ISBN 978-7-5321-8942-7／I·7044　定价：48.00 元

告读者　如发现本书有质量问题请与印刷厂质量科联系
T：0512-68180638

序

近日，由靳东、祖峰、张雨绮等领衔主演的跨国界现实主义燃情剧《欢迎来到麦乐村》正在湖南卫视、东方卫视、江苏卫视、优酷、咪咕视频同步热播。作为剧中主要人物护士长武梅的原型，刚刚被邀约到北京参加电视剧首播宣传活动的应春柳一时被推上了家乡融媒的"热搜"。该剧讲述了以马嘉、江大乔、武梅等人为代表的中国援外医疗队于非洲救死扶伤、与当地人民建立深情厚谊的故事。而剧中一些故事，特别是武梅的形象，主要来源于应春柳多年前创作的《因为有你——中国护士在非洲》一书。

应春柳是勇敢的，援非的这段经历，经受了战争与人性、苦与累、生与死的考验；应春柳也是幸运的，这种特殊的历练不是人人都有机会，特别是对于一位有情怀的作家，又是一位仁心医者，这种不凡的阅历与深度的生命体验是极其可贵的创作源泉与人生财富。

除了医护工作者、作家，应春柳还是一位优秀的人大代表。人大代表作为一种国家职务，不是荣誉称号，而是意味着一种责任，一种担当。在其任职的期限内，有许多的权利与义务。当好人大代表，必须为人民代言，因此，需要以高度的责任心与百倍的工作热情去认真履职，才能不辜负组织与选民的期盼。应春柳工作生活在"中国五金之都"——浙江省永康市，这是一个人文底蕴深厚，经济较为发达的工业城市。在刚刚排名的中国民营经济竞争力50强县中居第32位。永康从政府到民间，赓续南宋思想家陈亮"农商互藉、义利并举"传统商业文化思想，在政策的激励下，大力发展生产力，走在改革开放的前沿，以五金产业为特色，永康成为一块著名的投资致富热土。

但是，勿庸讳言，随着社会经济的发展，各方利益诉求日趋复杂，矛盾纠纷猛增，社会治理难度陡升，基层组织解纠压力加大，维稳成本不堪重负，法院案多人少渐成常态。面对这种社会实际，如何实现破局，达到善治，永康社会各级组织在积极探索，期望从历史维度、法理高度和现实温度去搜寻治理良方。其中，八百多年前陈亮提出的"止讼息争达无讼之境"的太平社会愿景颇能与当下社会的和谐追求构成共情。南宋时期，陈亮提出了著名的"持法深者无善治""法愈详而弊愈极"之论，强调"狱讼日简，教化浸行"，才能实现"同风俗以正人心，清刑罚而全民命""以法为定，以人行之……上合天理，下达人心"的善治善政理想。这一法治主张是陈亮留给后世的丰厚的精神遗产，也给永康一个很大的启发：庞冗的法律不一定能在国家和社会治理中产生多么大的良效，有志之士应该意识到，国家大治并不能完全寄托于制度上，也要重视人在国家治理中心的作用。于是，在陈亮故里龙山镇，2013年刚恢复设立的龙山法庭就将陈亮"义利并举"思想与"无讼""少讼"理念植入基层社会治理，进而发展形成了以"党委领导、各方联动、靠前履职、分层递进，矛盾减少"为核心的永康版"枫桥经验"——"龙山经验"，推动从源头上预防和化解矛盾纠纷。2019年，在永康市人大常委会组织的部分各级人大代表参与监督法院执行过程中，代表们更是深刻地认识到，刚性的法律执行有时并不能从源头上解决根本问题，社会矛盾的化解，案件的终结还需"法外容情"，还须人性之光的照耀。于是，永康市人大常委会在以金华市人大代表吕月眉、全国人大代表黄美媚等的牵头推动下，成立了"龙山经验"人大代表联络站，联络站作为人大常委会的直属站与特色站就设在法院，以"解纠加救助"为主要内容，深入开展工作。成立至今，共有一千零四十九人次代表参与联络站活动，参与三百一十起矛盾纠纷、四十七起信访案件化解，成功化解二百八十起，涉案标 2.75 亿元，发放救助金 140.77 万元。此项工作深受浙江省人大的赞评，并两次获得时任最高院院长周强的批示肯定。还值得一提的是永康市人大在全市设立"1+N+16"代表联络站体系，全市五级代表都在参与社会基层治理的全过程人民民主实践中得到履职能力上的历练与精神层面上的升华。目前，各级代表围绕城市有机更新、工业转型升级、"三个一号工程"等永康社会经济发展的主战场，做出了令人刮目的努力与贡献，也成了平安永康的"稳压器"。

而在这场卓越的工作中，应春柳代表也是积极的参与者，更是认真的记录者。她以报告文学的表达方式，真实再现近几年发生在人大代表联络站里的故事，描绘新时代基层单元全过程人民民主的生动实践。她从中选取的二十个故事，生动、曲折，涉及情与法的纠葛、人性的考验，反映了各级人大代表在错综复杂的矛盾纠纷面前，用之以法、以情、以理，在参与社会监督的同时，积极助力基层社会治理，解决一些仅凭司法途径难以执行和解决的各种社会问题。一个个故事，绘写了当下复杂的社会生态，树立了人大代表担当有为的形象，彰显了人大代表的时代力量。

故事还在继续发生，工作仍然任重道远。永康市人大代表联络站坚持以社会问题为导向，坚持以法律监督为手段，坚持以社会效果为旨归，励行致远，砥砺奋进。这次永康市人大常委会促成《解铃人》一书的出版，一方面用文字固化一些有代表性的特色的过往成绩，另一方面，可资借鉴，为以后更好的工作提供一些经验乃至于范本。希望应春柳代表继续做好新时代人大工作的参与者与记录者，继续讲好永康故事，讲好真善美的故事，讲好人大代表的故事！

樵　隐

2023年12月10日

自序

　　三年前，永康市作家协会参与永康市人民法院和文联举办的"龙山经验"采风活动，我写了《半途开溜的原告》《三只小猪》之后，市人大常委会副主任、永康市作家协会名誉主席章锦水与时任法院院长楼常青先生鼓励我，让我继续写一写发生在"龙山经验"人大代表联络站里的一些典型案例。他们说，写成故事后既可以让参与调解的人做工作参考，也给大家起到一个普法的作用，一举两得；看过你写的《因为有你——中国护士在非洲》，记录了你援非期间的工作生活，让我们了解到医疗队的一些感人故事，你就用这样的方式写写人大代表联络站的故事吧。

　　一份鼓励，一份信任，我接下了采写调解案例的任务。

　　《解铃人》中的主人公——吕月眉是资深的金华市人大代表，她是我父母辈的人，可是我们都喜欢叫她吕大姐。亦师亦友的她，在每一个案例的调解中，我们都能感受到她的睿智。当然，工作中还有众多各级人大代表和林继旭等法官的无私奉献。

　　《林间集》记载，有一天，法眼和尚问大家："老虎脖子上的金铃谁能解下来？"大家回答不出。正好泰钦禅师来了，他说："系金铃的人能解下来。"后人用"解铃还须系铃人"比喻由谁惹出来的麻烦由谁去解决。现实中果真可行吗？比如系铃人不在了呢？一个矛盾的产生由诸多因素造成，倘若解决中不考虑动态变化，往往只是刻舟求剑。《解铃人》中大部分案例是司法途径走不通后，或者执行不了才放到联络站来调解的。如何在调解过程中既有法度，又温情，这需要智慧，还需要有足够的担当。

三年多来，我跟随吕大姐等人大代表参与"龙山经验"人大代表联络站活动，调解过程中，我能更深切地体会到不仅要兼顾双方利益，还要站在更高的维度看问题，着眼当下，展望未来是所有案件解决的基调。为了感化当事人，有些人大代表还自掏腰包，或者为当事人解决与此案件无关的一些实际困难，以此为切入点打开他们的心结。当得到双方谅解、冰释前嫌的时候，剑拔弩张的双方也温情而柔软起来。

案例中的人物走上司法途径的背后，有不堪、有隐忍、有委屈，但很多是因为不懂法律所致，虽然有些是个性使然，也有些是环境因素造成。这些案例以故事的形式展现，一方面起到普法作用，一方面也反应当下家庭、社会中的各种矛盾。在写作中，不同的社会背景，不同的价值观要从当事人的处事方式和看待问题的角度中得以表现，我就得站在主人公（原告、被告）或者第三者的角度去观察、思考、描述、叙事，只有通过多维的角度去写，人物和事件才会鲜活起来。

书中大部分案例，我只是通过吕大姐和其他参与调解的人大代表的口述，并采访个别当事人和案件受理法官来收集资料，但是，有些当事人并不愿意接受采访，或者闪烁其词，这也给我的写作带来一定困难。一部好的作品和一个好的故事，应该是易懂、耐看，且从中受到启迪，写好每一个案例，讲好每一个故事，对我来说是一种挑战。仅仅写好如何调解，可读性就少了一些，所以我尽有可能将矛盾发生的起因和场景还原，多角度去了解案例的始末，以合乎情理的想象，丰富故事的细节，故事才得以完整呈现。当然，为了避免不必要的对号入座，我在叙述时，尽量对案件的主要当事者，采用了化名。

办法永远比困难多，或许就是解铃人——吕大姐的秘籍，用于写作同样如此。

巧妇难为无米之炊，何况我不是巧妇。其实米、炊具、柴火缺一不可。吕大姐和众多的人大代表以及法官们给予的这些案例就是最好的"米"，且是优质的"大米"，他们不厌其烦地从各个角度提供我宝贵的资料。《法徽外的天平》系列连载，刊登在 2020 年 11 月至 2021 年 10 月《金华晚报》新闻客户端，还有永康人大《人民之声》杂志连载，这些最好的"炊具"，为本书的发表提供了最初平台。永康市人大常委会陈美蓉主任觉得这些故事写出来有必要出书成册，既体现人大代表的担当，也是代表在监督过程中如何解决当前社会矛盾的一种新方式的探索，让更多的人了解人大代表联络站所作的一些工作；采写期间，永康市人大常委会副主任、永康市作家协会名誉主席章锦水和作协原主席蒋伟文提出一些宝贵的意见，浙江树人大学人文学院原副院长金菊爱教授和永康籍作家郑骁锋老师都也帮忙梳理提议，他们一致认为，在故事的表达方式上，采用报告文学的方式较为合理，他们都是不可或缺的"柴火"。

"生米"做成"熟饭"后，得有人先尝尝。因此，我也非常感谢我的堂姐应晓青女士，她是一个普普通通的农村人，她是所有案例写好后的第一个读者。她说这些故事有一定的可读性，而且对她很有启发，特别是《黄蜂酒的"攻"效》和《三只小猪》，看完之后，才知道原来打架赔了钱还要坐牢啊（民事附带刑事案件）。我不是巧妇，我只是一个笨拙的写作者，却也活生生地让我把"饭"煮熟了。

能不能把联络站的故事写好，我很忐忑，当付诸笔端且得以印刷的时候，感觉就像丑媳妇见公婆，望读者掩卷之际，给予多多包容和担待，并多提宝贵意见。

脱稿之际，再次感谢给我帮助过的亲朋好友们！

应春柳

2024年1月14日

目 录

contents

钉子户

上午，周家一行七八人来到法院，给人大代表联络站送来了一面写着"解十年积怨，促家族和睦"的锦旗。

（一）

去年初秋的傍晚，太阳还没有下山，周三吃完晚饭就出门散步去了，他想早点出门可以顺便去看看那块空地。

周三刚出门时迎面碰到老邻居，互相打了个照面。"散步好啊，饭后百步走，能活九十九。"老邻居笑着说。

周三倒没奢望能活九十九，特别是近来肚子胀气，心里也憋气，家族里的烦心事不要来折他的寿已是万幸。再说，他每次出去散步肯定是不止百步的，从家里出来，绕过溪心菜场，再到江边的绿化带一直走到东尽头，再转回家，差不多有一万多步。周三没有去数过，这是手机屏幕上的健身计步数据显示的。

周三背着手踱着步，很快就转到了溪心菜场以北的那块空地上。说是空地，或许说废墟更为贴切。这里足有几千平方米，一栋孤零零的破楼房兀自孤立着，断垣残壁上爬满青藤，青苔斑驳，屋脊已散了架，屋顶千疮百孔，原本排列有序的瓦片就像用刀刮过但没有刮尽的鱼鳞，断了的檩条、椽木从瓦间戳出一截，无力地指向苍穹。

匆匆而过的行人是断然不会去留意这块废墟的，只有周三每次路过这里时，都会与之深情对望。因为这里曾经是他们一家生活了半个多世纪的老宅，也是父亲留给他们的财产。如今，老宅的正房和厢房大部分已倒塌，堂屋两边杂草丛生，碎石瓦砾、破旧衣服、废弃的矿泉水瓶、白色的塑料泡沫……邻居们的房子早在十多年前就已化为废墟，上面堆放着乱七八糟的废弃物，有时候会有捡破烂的人过来。对面是几栋崭新的高楼和新建的小楼，溪心菜场上方挂着各式时尚广告牌，相形之下，废墟俨然是另一个世界。

在废墟上，与老宅对望的还有一棵老樟树。这棵老樟树曾是泉口村入口的风水树，现在依旧枝繁叶茂。

当天上午，人大代表吕大姐和法官曾来找过周三，说现在整块区域就他家那栋楼拆不了，已成为大家眼中的"钉子户"，希望作为周家最年长的周三能带头配合做好工作。

周三直喊冤，"钉子户"的黑锅，他才不来背。

周家兄弟从曾经的情同手足到翻脸不认人，再后来，周老爷子和周一、周二相继去世，往事像电影一样一幕幕在他脑海里播放……两位家兄过世后，他们的继承人周全文、周全武、周月芬，还有周恒，都不承认已经算好的那笔账，两代十余口人的亲情关系因一笔分房账而对簿公堂。都说清官难断家务事，周家这怨已结了十年，还能解吗？

活了大半辈子的周三觉得，太多家产留给后代，孰好孰坏都不知道呢。

（二）

20世纪的永康城东郊，有个二十来户人家的小村庄，离城区五六公里，一条自东而西的南溪从村西绕过，此处当年是溪流旋湾停船之口，早年这村叫"船口"，因永康话"船"与"泉"同音，后来就变成了"泉口"。

居住在这里的均为周姓。周冬生，字末旭，光绪三十四年（1908）十一月出生在这个村。

末旭的父亲念过几年私塾，略懂取名之道，所以不像村里其他人家，随随便便给孩子取个阿狗、阿猫了事。那年是戊申年，末旭出生时刚好是太阳初升的早晨，那为什么是"末旭"呢？他的父亲说，末旭，就是光绪皇帝在位最后一年的意思，但为了避讳，没用"绪"，而用"旭"。

那一年，皇帝生病卧床无法上朝，慈禧也病了。光绪在日记中写道："我病重，但是我觉得老佛爷（指慈禧）一定会死在我之前。如果这样，我要下令斩杀袁世凯和李莲英。"不料日记被李莲英看见，他立即报告给慈禧。慈禧恨恨地说："我不能死在他之前！"于是，令人给光绪下了毒药。

本来，光绪皇帝至少可以晚一年走，那"末旭"就该是"升旭"或是"申旭"了，他的命运也可能不一样了。关于命运，末旭后来听算命先生说，除了生辰八字，名字藏着一个人的运势。他想，如若老父亲懂点玄学，估计也就不会给他这个唯一的儿子取名末旭了。

末旭继承了父亲的衣钵，会识点文断些字。二十岁那年，他跟随邻村人外出谋生，因为他识字又内敛，到上海后便在一个国民党高官家做了总管，邻村的人则去参加革命，战死在战场。

民国二十六年，上海被日军攻陷，末旭想起战死的老乡，这兵荒马乱的年代，决定回老家泉口娶妻生娃，过自己的小日子。临走前，东家给了他一笔不小的安置费。那年，末旭二十八岁。

回家后末旭用这笔钱买了一些田地，娶了妻。末旭的老婆比他小十多岁，用今天的话说，末旭算是晚婚晚育，老婆却是早婚早育。

两年后，末旭又建了一座三合院，占地面积四五百平方米。这座九间头的三合院，由三幢两层楼组成，五间坐北朝南的正房，正中是堂屋。正房前有一条三米宽的走廊，正房的东西两侧各有两间厢房，三幢房子呈一个凹字形平面，共拥有一个偌大的庭院。三合院刚落成时，在村里特别显眼，土改期间，那些田地连带这所宅院，都成了末旭"富农"的证据。

老大周一出生后，末旭的老婆一怀上孩子就流产，直到 20 世纪 50 年代，才陆续生下老二周二、老三周三，所以老大要比老二年长十多岁。

村里人说，末旭夫妇是老当益壮。而末旭说，精力最旺盛的时候，被整成富农，后来家里的房子被征用，没心思做那事。

村里人说，得了，你家老二、老三出生时，你们还不是住在那间破旧的借住房里吗？

末旭挠了挠头，细想，也对，就呵呵笑了笑说，其实呀，这和他的名字多少有点关系，"末"是最后，"旭"是升起的太阳，老了要重振雄风嘛，哈哈哈。他还说，若老婆再怀上，准备给孩子们取名周四、周五、周六……但，即便是最后一个，也断不会取"周末"。

末旭为孩子们取名，颇有老子顺应天道之意，根据出生顺序，论资排辈，长幼有序。他相信"一生二、二生三、三生万物"的自然法则，三个儿子刚刚好，以后儿孙辈们欣欣然兴旺发达。

（三）

"文革"期间，末旭在想，倘若闹革命的那个邻村人还健在，会不会把他曾经在国民党官员家中当过管家的事"揭发"出来呢？那他岂不是就成了反革命。如此一想，再怎么说，富农的帽子至少比国民党反动派、间谍的罪名"安全"一点。

遇到困境时，人们总是希望从虚冥中求得一点安慰。被戴上富农的帽子后，末旭也偷偷去算过命。生辰八字、姓氏报上，算命先生睁着大白眼，眼珠子不停地往上翻，一双指甲缝里、掌纹处都填满墨色的手，掐指一算，说他暮年平安老死，后代兴旺，但可能会有争端……"末"就是马上没有，"旭"是东升的太阳，马上就没有了东升的太阳，这样的命，要说很差，不是，要说很好，也好不到哪里去。

为此，末旭认为自己的命大抵在冥冥之中被老爷子在取名的时候就已经定了。若不是老佛爷把光绪皇帝提前送走，他的老爷子就不会给他起这个名了，以此推算，那他的命岂不是就不一样了吗？还说"天高皇帝远——管不着"，看来并非如此，他这个远离帝都的一介草民，命运也被远在天边的皇帝牵扯着不得安生。

从20世纪50年代开始到70年代，末旭家的三合院不是被村里用来办学校，就是用来建食堂，不是用来养蚕，就是用作办兔场，他们一家只好住到堂叔家的一间破旧老宅中，直到"文革"结束后才搬回三合院里。而这三合院能最终回归，还与他在扫盲运动中当过老师有关。

中华人民共和国成立之初，社会上文盲率高达80%以上，成为制约中国经济社会发展的巨大障碍。1950年9月，第一次全国工农教育会议在北京召开，一场大规模的识字扫盲运动随后在全国各地迅速展开。

永康县积极响应号召，各个乡镇纷纷举办农民夜校，所有不识字的青年、壮年、老年，只要开口能讲话、睁眼能观风、竖耳能听音的都可以报名。夜校就设在末旭这所宽敞的九间头三合院里，末旭以家为校，教十里八乡的人识文断字。

末旭，永康话与"墨水（虚）"的发音一模一样，在夜校当老师期间，这些年龄从十几岁到七十岁的学生，都喊他"墨虚"，有个别调皮捣蛋的，故意把嘴巴噘成小喇叭状，把"虚——"字拉得老长，引来大家一阵哄笑。

十多年后，当上泉口村村长的周德福，就是当年"墨虚"老师旗下的被扫盲者，三合院能物归原主，又得益于周德福。

周德福曾是个愣头青。一天，"墨虚"老师教大家识字，在黑板上写下"打倒孔老二！"，感叹号画得又长又大。后来，末旭用抹布把"打倒""老二"几个字擦掉，最后把"！"也擦了，只剩下"孔"字。"墨虚"老师敲了敲黑板，转身看到周德福趴在桌上睡大觉，就走到他跟前，用教鞭拍了一下桌子。

周德福从睡梦中惊醒过来，脖子紧缩，双手护头，一双惊恐的眼睛看着"墨虚"老师，确定头顶安全，老师的眼神也还温柔亲切，他便站起来，揉揉眼睛。

"墨虚"老师指着黑板上的"孔"字，侧身问周德福："这是什么字？"周德福愣在那，摇摇头。同桌急中生智，用胳膊肘碰了碰他，戳了戳桌子上的那个洞。周德福使劲挠头，又低头看看同桌的指示之处，突然挺胸、仰脖，做立正姿势，嘴巴张得老大，发声洪亮："洞！"

话音刚落，三合院里一阵爆笑。

多年之后，这事经由末旭和后辈们说起，在茶余饭后，在纳凉之时，三合院里好几次响起过这笑声。当然，末旭没有指名道姓。

"文革"结束后，周德福当上了村长，他也非常感念恩师在扫盲期间对他的谆谆教诲，使他没有把"孔"字念成"洞"，否则作为村长，岂不是让人笑掉大牙而斯文扫地？

（四）

20世纪70年代末，末旭过完七十岁大寿，想起算命先生说过的话，准备给孩子们分家。永康有个习俗，举凡分家、结婚、丧事之类的重大事件，都要请娘舅。所以，周家老爷子请了娘舅过来主持公道。

分家仪式很隆重，把娘舅请过来和大家一起吃了顿丰盛的晚饭。当然，酒也没少喝，只是喝得恰到好处，否则喝糊涂了，到时候说不清楚了。

饭毕，一家人在堂屋（永康人又称轩间）里，周老爷子命夫人拿出笔墨，先把分配方案和理由作了解释和说明。然后正襟危坐，清了清嗓子说，现在孩子们都长大了，瓜熟蒂落，分家是迟早的事，所以想趁自己脑袋瓜子还清醒，早点分，免得以后起纷争。

他说，自己创业不易，守业更难，三合院经历了风风雨雨，算是祖上积德，如今重回周家。俗话说长幼有序，长子为父，咱分家产也得按此规矩来。老大周一为家做了很多贡献，诸如帮家里拔猪草、下地种田、照看弟弟，等等，应该分到最大的份额……

最后，周一家分得坐北朝南的正房西侧两间，加上坐西朝东的厢房一间，共三间；周三家分得坐北朝南的正房东侧一间和坐东朝西的厢房两间，共三间；周二家是正房一间（堂屋隔壁）和坐西朝东的厢房一间，再加上堂屋的二楼，共两间半。周老爷子还让周一和周三各拿出二百元钱给周二，作为财产分割的一点补偿。堂屋办红白喜事时共用，兄弟仨各有三分之一份额，堂屋的修缮由周一和周三出钱。

当时，周二虽然感觉自家分到少了点，不过对于周老爷子来说，已经做到尽量公平了。因为周二出生后不久，周家的一个亲戚就让末旭把周二过继给他，末旭想想自己当时的处境，就答应了。周二在十八岁那年，亲戚夫妻双双去世，周二就又回到了"娘家"，所幸那时候也是周德福帮忙，否则户口都没法落实。在周老爷子眼里，三个儿子手心手背都是肉，周二的家产自然也不能少。

但是，用周三的话说，兄弟姐妹们就像一窝鸡，其中一只放到外面养久了，再拿回家来，即便关起来放到鸡笼里，也是不合群的。他们周家老二就是如此。若不是周老爷子想儿心切，当初让老二回来，他们周家会多几份安宁。特别是多年之后他们家更不会成为村干部、街道干部嘴里的"钉子户"了。

末旭一家人围在桌子旁，在老娘舅的见证下，兄弟三个伸出食指，蘸了印泥，在分家契上按下了鲜红的指印。

改革开放后，到了21世纪，永康城市不断发展，郊区的很多小村统一规划、逐一改造，特别是泉口一带的那几个小村，村里的土地都成了黄金宝地。

十多年来，村干部三番五次动员周三，让他们家尽快办理拆迁手续，周三却有苦说不出，这房子拆不了真不是他的原因。周老爷子在分家后第二年就撒手人寰，老大和老二也因病相继去世，现在的周家，他已是最有发言权的资深长辈了。作为小叔子，自然可以让他们一步，可是几个侄儿、侄女、侄媳妇不同意，所以从2003年房子拆迁改造开始，矛盾越积越深，直至彼此老死不相往来……

（五）

想起这些，周三摇了摇头，离开废墟，准备去往溪边的绿道。

这时，周恒的老婆王虹（周二的儿媳妇）迎面走来。不曾想，她看到周三的时候把头一扭，嘴一撇，鼻子还吹出一口气，视周三这个小叔子不如陌路，因为哪怕对待陌生人，王虹也不会给出这样的脸色。

看到王虹这般态度，周三又摇了摇头，叹了口气，把半截烟蒂掐掉，狠狠地摔在地上，用脚底板使劲地碾了碾。一阵风吹过，地上掀起一些星火和粉末，倏忽间就灰飞烟灭了。

王虹看到小叔就扭头往一边走去，在哼哼之余她想这么多年来，周三和周一家的几个堂兄妹联合起来欺负他们，惹得她和周恒上访了十多年，后来干脆把他们一起告到法院，可是法院迟迟判决不了。

王虹是20世纪90年代初嫁给周恒的，那时城里的娘家亲戚问她夫家在哪里，她母亲转身把手一指，说就是永康溪边泉口那个小村，用稻草绳就可以把村子围起来的小地方。她母亲也不知自己指对了方向没有，因为泉口村在城区的东面，而她指的却是南面。每次娘家人这么形容他夫家时，王虹心里总不是滋味。有那么长的稻草绳吗？能把整个村子围起来？

三十年河东四十年河西，如今，城里的亲戚再也不说那个村怎么怎么小，而是说那里怎么怎么好了，言语中带着掩饰不住的羡慕嫉妒恨。周恒是独子，祖上留下的财产自然都归他，特别是寸土寸金的地皮，让他家一下子就成了百万富翁，如今的王虹在娘家人面前自然也扬眉吐气了。

不过，羡慕归羡慕，王虹心里有个块垒，却不知道该向谁吐。周老爷子留下的家产一间正房、一间厢房，外加堂屋的三分之一，但堂屋最大，而且堂屋楼上（二楼）也是周二的，白纸黑字的分家契，现在这些堂兄弟们居然说，堂屋拆迁的补偿还是要按照各三分之一的份额来，这不是欺负人吗？堂屋二楼多少也值钱的嘛，公公在世时就说，周恒虽然是周家的老二，但这个老二不能二！

（六）

那天，王虹回家，周恒正在客厅葛优躺，没完没了地刷抖音，手机里时不时传来一阵阵爆笑，他也跟着傻傻地笑。

"咚、咚、咚"一阵敲门声响起。

"谁呀？"

"我，还有人大代表吕大姐。"街道干部说。

哪个吕大姐啊？王虹嘀咕着，开了门。

吕大姐拎着两盒扎着红绳的水果站在门口，旁边还有一个之前来过他们家的街道干部，王虹认识她。

"周恒在家吗？"

听到叫自己的名字，周恒条件反射地坐直了身子，放下手机，转头看着站在门口自称是吕大姐的陌生人。

"对，什么事？"

"我是人大代表吕大姐，今晚特意过来看看你们。"吕大姐进来后把水果搁在茶几上。

"哦。"夫妻俩不冷不热。

"你们几个孩子啊？"

"两个，一个男孩一个女孩。"

"多大了？"

"一个已经工作，一个还在读大学。"

"孩子这么大了，现在你们应该可以享清福了吧。"

"嗯，还行，儿子今年毕业。"

"你们夫妻俩多有福气，一男一女最理想了。"

"呵呵，我们有福气吗？"王虹看着周恒。

"我们今天来呢，主要是想听听你们的想法，关于你们家拆迁的事，这老拆不了也不是个事儿啊。"

一听到拆迁的事，夫妻俩本来就不冷不热的脸开始紧绷。王虹见周恒不吱声，就顾自噼里啪啦地说开了。

"问我们什么想法，那要先看看老祖宗的家产是如何分的，你人大代表说说看，有这样的道理吗……"王虹越说越激动，左手背不停地拍着右手掌，发出啪啪啪的几声脆响。

"按照这个三分之一的分配，那堂屋的二楼呢？二楼少说也有三十平方米吧，若问我，至少这块土地价的 50% 先给我们，剩下的再按各三分之一来分。在周家，从我公公开始就一直吃亏，到我们这代，还要我们再退让？没门……我问你，这样的要求过分吗？！"

"是的，站在你们的角度，从情理上来说，适当的补偿是需要的。"吕大姐见他们没让她坐下的意思，就自个儿挨着旁边的凳子坐了下来，又伸出手，示意王虹坐下说，不要太激动。

"可是他们三兄弟不同意，还有这个周三，真不是人！"

"得了，不要说得这么难听好不好！"周恒皱了一下眉。

"怎么啦？我说周三关你什么事，还有周全文、周全武、周月芬，死不认理，还说我贪财！哼，我看他们个个都比我贪！"

周恒从沙发上站了起来，拉了拉王虹，又坐了下去，对吕大姐说："我们周家的事，是说不清的。"

"你们都是周家的后代，周老爷子在天之灵也不愿意看到儿孙们闹得这么僵，他一定希望大家和和睦睦，这样才心安啊。"吕大姐说。

周恒欲言又止，把头扭过一边。

"一家人有分歧很正常，等子女成家立业，你们也要做婆婆做公公的，想必也是希望他们和睦相处。"

"可是他们周家太过分！"

"不要老说周家、周家，是周三、周全文、周全武、周月芬他们好不好？"周恒插了一句。

"还不是一样！"王虹立在客厅中间，双臂抱胸，白了一眼周恒。

"你们的心情我理解，听法官说，若直接判决，你们两代人的亲情势必难再修复，不仅仅两败俱伤，而且对后代都没有好处……"

（七）

从周恒家出来，街道干部对吕大姐说，他们周家个个都不是省油的灯，之前去周一的大儿子周全文家，他的架势比周恒的老婆王虹不知道要牛多少倍。

吕大姐说，不管怎样，还是要去走访一下他们几个。

那天，周全文听说吕大姐是为调解他们家拆迁的事而来，就站在门口，根本没有让她进门的意思。他一手叉着腰，一手指着天空说："周恒那家伙，心太贪了，特别是他老婆王虹，祖上分家的时候，他公公难道没有说？"周全文似乎气不打一处来。

"我父亲和小叔，早些年就各拿出二百元，一共四百元补偿给周二，还有这么多年来，堂屋的修缮费都是家父和小叔拿出来的。分家书上白纸黑字写着，那么多人做证，娘舅也在，他家周二的指头印也摁在那儿呢。那时候的四百元是什么概念？现在地皮值钱了，各三分之一，如此分配，他还想要多拿？没门！这事要调解？没门！你先去把周恒家的媳妇搞定再说，若弄得拎清，我就服了你！"说罢，扭头回屋，没再搭理吕大姐。

吃了闭门羹的吕大姐并没有气馁，又走访了周一的二儿子周全武。他倒没有周全文那么牛气，虽然名字里有个"武"字。吕大姐来到他家的时候，他一直翘着个二郎腿，双手抱在胸前，说："我们家的事，若周恒那媳妇搞定了，就安宁啰！"

（八）

这天，吕大姐再次走访周三，说周三是周家最年长的一个，可否和她一起去周恒家一趟。

"去他家？"周三愣了好久，吧嗒吧嗒地抽着烟。

周三对吕大姐是尊重的，也是感激的，为了周家的事，她三番五次去找那几个不省油的灯，以王虹那婆娘，还有周全文、周全武的脾气，估计少不了坐冷板凳，而且一定听了不少不敬的话，但她依旧如此热心，作为小叔，怎么好意思不配合呢？想想自己已多年没有踏过周恒家半步，路上见面都视同陌路，今天要去他家，感觉着实有些为难。

吕大姐见周三不语，继续说服他。周恒夫妇起诉他们，是希望通过这个方式作一个了断，法院也很难执行。如果他能够去周恒家一趟，周恒一定会有所触动，毕竟是小叔可以试嘛。为了房子的事，现在周三家和周一家的后辈们都不理周恒，他其实很落单的，谁不希望家族和和睦睦的？现在这样被外人看来也是笑话呀。

"长辈放低姿态或许会有效果。你和我去，可以什么也不说，人去就行，试试看，好吗？"许久，周三才默默地点了一下头。

吕大姐再次敲响了周恒家的门。王虹开门时，看见边上的小叔周三，愣了一会，半天挤出一句："你……来了？"

"嗯。"周三的脸上也毫无表情。

周恒从房间出来，看到周三，也愣了一下，不自然地笑了一下，随即拉出凳子，说："坐，你们进来坐。"

"今天我和你小叔来，没别的，只是希望你们一家人能够团结。在你们周家，如今他是辈份最高的小叔，也最希望你们能够互相退一步的。兄弟间的血缘关系割不断，打断骨头连着筋，你们周家不团结，村里人都看着哪。"吕大姐一字一句地说，"周老爷子一辈子辛辛苦苦造了九间头的三合院，院子也好不容易才回到了他的手上。如今，祖上留下的房产却搞得儿孙辈多年不来往，你爷爷若在世，估计也很痛心，一家人彼此有照应才好啊……还有，后代都看着呢，你们互相退一步，就没有隔阂了，家和万事兴啊……"

那天晚上，周恒失眠了，他想不到小叔会亲自登门。虽然周三什么也没有说，但是他能够感受到小叔的诚意。他还想起小时候小叔带他去溪里捉鱼、捉虾，为他用毛竹做水溅筒……周恒已好多年没有正视过小叔了，今天看到他满头白发，背也更驼了，一个已年过七旬的老人还不得安享晚年……

见周恒翻来覆去睡不着，王虹忍不住问："咋啦？周三过来，你就准备让步了？"自从与他们闹翻后，王虹提及小叔时都直呼其名。

"我看，这事一直这么拧着，也不是办法，到时候咱们先听听吕大姐怎么说，她和我们非亲非故，为我们周家的事如此操心，上次还拎着水果来，我们却连茶水都没有给她喝一口，今天也是，感觉有些不安啊……"

王虹拉了一下被子，转过身去，不再搭理周恒。这一晚，她也失眠了。

（九）

腊月初一，法院通知周三、周全文、周全武、周月芬还有周恒、王虹来调解室。

吕大姐准备先和周恒夫妇单独聊聊。

刚坐下，吕大姐就开门见山地说："今天通知你们过来，我是非常希望调解成功的，而成功与否全看你们夫妻俩的态度了。首先不要抱着按照你们之前的条件来，否则免谈。还有我也想提醒一下，这是最后一次调解，这次如果不成功，我就再也不管你们家的事了。"

"那是、那是。"周恒和王虹连连点头。

"我想你们既然会过来，也是希望调解成功的。"

"是的，是的。"

"既然我们目标一致，那你们先说说看吧。"

"这……还是你吕大姐帮忙说说看吧。"周恒轻声说。

"之前你们要求堂屋拍卖价的50%先给你，剩下的50%再按三分之一划分，但大家都不同意才闹成这样的僵局，对不对？"

周恒点了点头。

吕大姐又看了看王虹，说："我看，可不可以这样，无论这块土地拍卖出多少钱，现在就谈好，让他们先给你们一笔，剩下的按各三分之一来分配？但这一笔钱是多少，你自己先说说。"

过了许久，周恒说："这个地块价格按现在市场价是每平方米三万左右，堂屋是三十多平方米，合计就是九十万……要不给四十万？"

"这个我觉得他们不会答应的，若这样，和你之前的50%有什么区别？要不先给十五万？"

"什么？"王虹"噌"地站了起来，周恒赶紧拉了她一下，让她坐下。王虹把头扭过一边，看向窗外。

"你们觉得这样吃亏，是不是？但是站在他们的角度看，之前已经给你们补偿过了呀，分家的契书上，给家父周二补偿四百元，那时候，这是一间房子的价格了。"说到这里，吕大姐停了一会。

"现在给你十五万，到头来你也不是留给孩子们吗？如果孩子有出息，还会在乎这点钱？其实十万和三十万真的区别不大，家族和睦是金钱买不来的，你说是不是？退一步，你们周家整个家族的人都觉得你周恒有气度。看看你的小叔，他也是打心眼里希望一家人相处和睦的啊……这样行不行？就按我说的这个来？"吕大姐诚恳地看着他们。

"……好吧。"周恒点点头，然后转向王虹。

王虹不吱声，不停地扯着手里的纸巾。纸巾被扯成一片一片纸屑，纸屑又被捏成一个个小纸团，白色的小纸团在她的桌前散了一堆。

"那我和那边先谈谈，再听听他们的意见。"吕大姐说着起身到隔壁调解室去了。

"我丑话说前面，大家要有心理准备，我一定不按照你们说的来分，否则就不需要我们来调解了。"吕大姐看了一眼周三身旁的周全文、周全武还有周月芬，"我还想说，今天的调解是最后一次，如果不成，我也不想再作任何努力了。"

周三点了点头，侧过身看了看周全文三兄妹。

周全文十指交叉叠放在后脑勺上，一副闭目养神的样子。周全武双手抱胸，扭头看着窗外。

还是周月芬开口说了一句："小叔，你说了算吧，到这个份上了，如果他们会让步，咱们也不会过分要求的。"

吕大姐说了和周恒谈的条件，叔侄四人都不吱声。

"要不给十万，够意思了。"沉默了一会，周三说。

吕大姐伸开手掌，胳膊肘撑在桌子上，将五个指头展示在周三面前，说："十五万和十万，相差五万，这五万你们几个分摊到手有多少？我知道你们要的是一个理，其实，现在你们都不缺钱，缺的是亲情，缺的是一个理，事情闹这么僵，是钱没法计算的，亲情才珍贵啊！"

"是的……是不多。"周三嗫嚅着，好像是在说给自己听，又好像是在说给侄子侄女听。

"那就这样？"吕大姐的眼神挨个儿扫过在座的几位。

当周恒夫妇在息访和解意见书签下字、摁下手印的那一刻，吕大姐说："接下来，你们周家一定要团结啊，所有的不快都已经翻页，家和万事兴，如果你们爷爷还活着，看到大家握手言和，一定会很开心的。"

有道是"度尽劫波兄弟在，相逢一笑泯恩仇"。息访书签下一个星期后，人大代表联络站出现了开头的那一幕。

三胞胎

（一）

李珂今天来法院前，路过"木与果"超市时，售货员正拿着一个大喇叭在门口大声叫卖："走过路过，不要错过，买一送一，好东西哈，不要错过！"

商家就喜欢忽悠，送一，送的"一"和买的"一"是一样的吗？从她往常的体验看，商家送的"一"既不是什么好东西，也不实用，倒不如买"一"时价格来得实惠点，要不就来个货真价实的"一"。因此，她对"买一送一"再不为所动。

聒噪的叫卖声让李珂想到许君一和她谈的那些条件。因为李珂带着老二离开后，许君一曾经不止一次来找过她，让她把老三也接过来，两个孩子在一起还可以有个伴，他呢在固定财产上给予适当倾斜。

"我才不稀罕！"李珂的想法很坚定。

一路上，李珂想着他肯定又会提这事，就把拒绝的理由想了又想：两个孩子在一起有伴些，老大和老三都给你照顾不也是一样的吗？当年她怀三胞胎，吃尽了苦头不说，而且还说她不会照顾孩子，明明是你天天在外面不着家，谁知道是你外头有女人还是真的生意太忙呢？她一个女人每天起早贪黑、蓬头垢面地照顾三个娃，容易吗？若非她及早带老二逃离出来，这苦日子还不知什么时候是个头呢。

想起老大和老三，李珂心里一阵泛酸，但她马上告诫自己，一定要狠下心来，老三再接过来的话，她就没法过正常人的日子。快十年了，自从与许君一分居后，她很少看到他们，不是不想，实在是一看到就要牵肠挂肚，学会鸵鸟式地活着，也是不得已而为之。

（二）

把一个苹果对半切开，一人一半就好了。每次许君一拿着刀，将一个西瓜、一个苹果一分为二时，他的脑海里就会闪过这样的念头。因为他和李珂之间，每次提到老三的抚养问题，都没法达成一致，因此僵持了十来年，至今也没离成。

早些年有人问许君一的年纪，他都是很爽快地回答，也不知道从什么时候开始，如今，有人问他的年龄，许君一总会反问：你是指虚岁还是足岁？

这有区别吗？问的人哈哈一笑。

许君一挠挠头，说，当然有啦，若按虚岁算，已是不惑之年，若按足岁算，才三十八呢。

问的人说，要再婚，得趁早啦。突然间，许君一心头掠过一种莫名的紧迫感。

看着孩子们一天天长大，从蹒跚学步、咿呀说语到小学即将毕业，不知不觉，孩子们到这个世界已有十二个年头了。说起年龄，他又想到老母亲，老母亲再过两年就八十了，还在帮忙照顾着老大和老三，愧疚感时常让他感到汗颜。

许君一的家在城郊，这些年因老房改造返地有五间房，另外他们婚后在城区买了两套房子，这些都是他们的共同财产，如果三个孩子也算"共同财产"的话，财产分割的难点就卡在老三这里。

法官说，财产对半分，孩子没法对半，怎么分？你一个，我一个，剩下的那个咋办？要不财产三五开，老三判给拿到五份额的人。这不是在孩子分割的问题上"买一送一"吗？也不行，但他们谁也想不出更好的办法。

今天法官通知许君一过来，说是人大代表将参与调解。尽管手头生意忙得不可开交，但他还是抽身出来，一早就到了法院。因为他太想尽快了结这个案子。

（三）

在法院调解室内，许君一和李珂面对面坐着，两人都沉着脸，谁也不吱声。

"父母抚养孩子是义务，既然生了就要把他们养大。"吕大姐耐心地说，"孩子成长需要一个良好的家庭氛围，你们夫妻感情多年前就已经破裂，在孩子的抚养问题上又出现分歧，但有一点你们是一致的，就是希望孩子健康、快乐成长，希望三胞胎和睦相处，是不是？"

许君一和李珂都不自觉地点了点头。

"无论老三判给你还是他，到时候让保姆照顾或奶奶抚养，都不是长久之计，想必你们也不愿意吧。"吕大姐看了一眼李珂说。

　　"是的。"李珂说。

　　"话是这么说，哪怕让我多出点钱都无所谓，可……"许君一刚开口，吕大姐就打断了他的话，说："老三需要照顾，尽管现在有人照料，但母爱是谁也代替不了的。"

　　想起老三，李珂不禁鼻子一酸，眼圈红了起来。

　　吕大姐让许君一先出去一下，她想和李珂单独聊聊，听听她的真实想法。

　　"身为人母，舍弃任何一个孩子于你都不忍心，毕竟孩子是母亲的心头肉，特别是老三。现在老三是孩子的奶奶带吧。"待许君一离开，吕大姐便直奔主题。

　　面对推心置腹的吕大姐，李珂很自然地打开了心扉。

　　自从三胞胎出生后，她的心思都在了孩子身上，因为老三患有先天性脑瘫，花在他身上的精力更是超出常人想象，夫妻俩常常为了老三的事吵架，最终导致婚姻破裂。三个孩子也被迫分开，老大由丈夫带，老二归她管，老三由孩子的奶奶照顾。但是，他根本没有时间照顾孩子，现在两个孩子都是奶奶带的，否则，老三早点做康复锻炼，或许病情会有转机……现在想着就心烦，无论如何先把这婚离了再说。

　　"我什么也不要！这样的婚姻于我来说就像一个坟墓！我对不起老三……"李珂把脸深深地埋在自己的手掌中，嘤嘤地哭了起来。

　　"从常理上讲，照顾孩子母亲比父亲细心，再说他要做生意也很忙，离婚后若再找个对象，更加无暇顾及孩子了。"吕大姐这么一说，李珂立马感觉孩子将要受天大的委屈似的，眼泪止不住唰唰地流了下来。

"你们夫妻感情无法弥补,现在三个孩子又分开生活,对他们的成长是很不利的,你说呢?"吕大姐的每一句话都击中李珂的心。

"是的啊,每次得知老大生病、老三得不到康复锻炼,我就揪心,看看自己带在身边的老二,心里至少是踏实的。"李珂说。

"现在你们因为老三的抚养问题一直相持不下,你看,孩子们都十二岁了吧,除了老三需要花更多的精力照顾,再辛苦几年,孩子们很快就长大成人了。"吕大姐设身处地地开导着,"自己带的孩子和你亲,两个哥哥和老三一起生活,彼此更能体会情同手足的兄弟情。我们做父母的也要老去,到时候,唯一可以照顾老三的只有他的两个哥哥了,你说是不是?当然,这样你会付出很多,如果你要改嫁,也会受影响。"

"嫁不嫁人,我根本没心思去想……"

"一个女人带三个孩子,实属不易,何况还有一个脑瘫的,但在经济上绝对不能让你吃亏,你看是否可以考虑一下?"

李珂陷入了沉思,不语,但也未反驳。

(四)

见吕大姐进来,许君一马上起身问道:"怎样?她怎么说?"

"她倒也没说什么。不过,如果你来带孩子,而你又要做生意,是没时间也没这个精力的,不现实。"吕大姐一边说着,一边拉着凳子坐了下来。

"对、对、对,我总觉得对不起老娘,她都快八十岁了,身体也每况愈下……"说到这,许君一把头埋得很低很低,两只手使劲支撑着脑袋。

"从有利于孩子成长的角度来看，最好是三个孩子在一起生活……"吕大姐再次亮明了自己的核心观点。

"我也这样想，就是怕她不愿意啊。"许君一抬起头，皱着眉说。

"倘若她愿意带孩子，在经济上你无论如何不能让她吃亏。不过，我也没有把握她是否会接受我的建议。如果李珂愿意的话，你至少要给她三百万。"

"那当然，你说多少都行，只要她愿意，钱我可以去赚。"许君一直起了身，把头往前挪了挪，双手撑着桌子。突然，他又想起了什么，说："不过我就怕她到时改嫁，委屈了三个孩子……"

"这个你不用担心，"吕大姐把手轻轻一挥，"你看这样行不行，首先，三个孩子都判给你，但由李珂来抚养；三个孩子的户口都在你名下，这样村里的福利三个孩子都不会落下；你在村里不是有五间房吗？给每个孩子一间，加上城里的两套房子都在三个孩子的名下，即便她再嫁人，这些财产也是孩子们的。"

许君一立即说这没有问题。

"你村里不是还剩下两间房吗？这要归她，最后你一次性付给李珂三百万。当然我还要去问她是否愿意。"

"当然、当然，我当然愿意！"想到财产大部分归三个儿子所有，许君一心头的结化开了，顿感稳妥、踏实。

"还有，如果孩子由她抚养，你要知道这是很辛苦的，特别是老三，她得经常送他去康复锻炼。再说，带着三个孩子的她即使再嫁人，也会受影响。所以，除了一次性支付三百万外，你每年还要给孩子抚养费。"吕大姐径直说出了自己的想法。

"那是肯定的，抚养费有法律规定，没有问题。"

"法律规定的那点抚养费你觉得够吗？再说了，要照护脑瘫孩子，就是保姆费也不够付啊。况且，我还不知道李珂愿不愿意呢。"此时，吕大姐仍不忘给调解留下些余地。

"那……麻烦你和她说说，这个建议我接受。"

"这样吧，她若接受，每年你再给她三十万，直至孩子十八岁。当然我会和她提出，孩子不能交给保姆带，如何？"

"好、好、好，你吕大姐说了算……三百万和城郊的另外两间房子都由她支配，还有一辆车子也给她吧，她接送孩子方便些。"听说老三不会交给保姆带，许君一恨不得当场给眼前这位善解人意的吕大姐鞠躬作揖。

（五）

"从孩子成长、父母应尽的责任来看，三个孩子无论如何都要在一起生活，且必须全部判给他们的父亲，但要由你来抚养，你能够接受吗？"面对李珂，吕大姐开门见山地问。

"这……三个都判给他？"李珂又一时愣住了。

吕大姐把财产分配的方案以及一次性给李珂的补偿，还有孩子的抚养费如何支付等一一交了底，并补充说，若雇保姆，只能是帮忙洗衣、做饭、搞卫生等，三个孩子一定要李珂来负责照顾，并要她保证送老三去医院康复锻炼，孩子的医药费到父亲那里实报实销……

"孩子都判给他，万一他生意亏了呢？孩子岂不……"李珂仍心存疑虑。

"你放心，离婚之后现有的财产马上写到三个孩子名下，这样即便他生意亏了，和孩子无关，而他赚的钱，三个孩子还可以分到一些。"吕大姐一番入情入理的话，解除了李珂最后的顾虑，她的脸上也终于露出了一丝久违的欣慰。

一直在焦急等待回复的许君一，看到吕大姐进来就迫不及待地迎上前来。他不停地搓着手，手机响了也没有接，看了一下手机屏幕就直接挂断了。

"李珂同意抚养三个孩子，不过我还要提个建议，以后孩子上学的费用和医药费，得实报实销……还有，过年过节，你要记得去看他们母子，过年的大红包，可要包大一点哦。"细心的吕大姐仍不厌其烦地提醒着眼前这位有些迫不急待的父亲。

"当然、那当然。我原有的顾虑你都帮我想到了，我没有任何意见，我们银行卡上还有共用的几十万，也给她吧。"想不到折磨了他们十来年的"顽疾"就这样迎刃而解了，许君一如释重负。

（六）

吕大姐把他们俩叫到一起，向双方再次明确三个孩子的归属权和财产的分配，又交代许君一，孩子们过年过节的红包都得给，卡上那笔几十万元给李珂，这些都是李珂自己没想到的，她再次被意外惊到了。

许君一转过头来对李珂说："过年过节我一定会去看你们的，以后还要辛苦你，帮我照顾好三个孩子，拜托了！"他站起来对李珂微微欠了一下身。

"哪里话，都是咱们的孩子，我一定会尽力的。"李珂也不禁有些哽咽。

许君一看了看手表，建议大家一起去吃午饭，感谢一下吕大姐，让李珂也一起去。李珂立即附和："是的啊，为了我们的事，浪费了你这么多时间，大家一起吧，让我们表一表心意！"

"不用了，心意已领。相信你们的孩子会健康快乐成长！"稍停，吕大姐又意味深长地补了一句："若有可能，希望这顿饭留给你俩复婚的时候再请我吧。"

李珂瞟了一眼许君一，这时，李珂的手机骤然想起。是母亲来电，问她事情解决了没有，那个老三怎么处理。

"嗯……解决了，三个都我带。"

"什么？！你有病啊，如果那个脑瘫的老三拿过来，到头来吃亏的还不是你自己……"电话那头的音量顿时提高了好几个分贝。

"妈，你胡说些什么呀——"李珂不耐烦地按掉了电话。

新官理旧账

　　一早，岩石村的老赵拎了一块肉走在回家的路上，一路上哼着小曲儿，他准备晚饭好好犒劳一下自己。

　　快到家门口的时候，突然，手机"滴滴滴"响起，他把袋子转了个手，右手到裤兜里掏出响个不停的手机。没说几句话，老赵的脸色变得越来越难看，额头直冒汗，打电话的手微微颤抖起来。挂完电话，就"咕咚"一下栽倒在地，从袋子里滑了出来的那块肉，被不知从哪里串出来的一只土狗，迅速叼走了……

　　老赵从此一病不起，去医院检查说是得了肝癌，四年后离世。

　　村里有人说，老赵是被那个电话吓死的，也有人说老赵的病是郁闷出来的。

（一）

　　2020 年，是老赵去世后的第六年。11 月的一天，林法官和人大代表吕大姐、胡子贵、徐保卫一行四人来到徐大新家。

　　"陈年旧账凭什么要我来负责？都是猴年马月的事了，谁借的就得谁负责啊。冤有头债有主，要我来买单，没门！"当谈到要处理一直搁在法院的那笔旧账时，徐大新的脸色立马沉了下来。

徐大新坐在椅子上，拧着眉，一只手掌撑在膝盖上，一只手将额前的那撮头发往后捋了捋，把脸一别，鼻孔里直出气。忽的，他又从桌子上的香烟盒里弹出一支烟，歪了歪身子，到裤兜里掏出打火机，"啪"点了火，将打火机往桌上一扔，狠命地吸了两口，烟头忽明忽暗，"呼——"他长长地吐了一口，烟圈弥散开来。

"你是村里的负责人，我们今天来，就是想把你们村欠徐青的这笔账早点解决了。"吕大姐抬手轻轻地挥了挥，飘到她眼前的那缕烟瞬间散了。

"没错，我是这个村的负责人，可要看看谁签的字，是谁担的保啊？这笔账怎么会算到我头上来呢？哦，不，算到我这届村委会头上来呢？"徐大新的那只手反扣着，几个指关节疾风骤雨般落地在桌子上，发出"笃、笃、笃"声响。

"这事确实有些为难你一个新当选的村支书……"胡子贵说。

"这岂止是为难，这是刁难！人大代表要为民发声不错，但我也是人民，是这里的一个村民。这事为什么早些年不解决？为什么要我来理这笔旧账？我冤不冤？"徐大新耸耸肩，连珠炮似的诘问。

吕大姐想起前几天他们去金大塘村的徐青家时，徐青的喊冤声比徐大新还响……

（二）

事情还得从 2006 年春节说起。

金大塘村的徐青从家里拎出一串 200 响小鞭炮来到大门口外，

取下嘴里衔着的半截烟，蹲下去点燃地上的那串鞭炮，然后迅速跑开。

"劈里啪啦、劈里啪啦……"地上骤然冒起团团青烟，那串鞭炮好像注入了魔力，迅速扭动起来，红色的碎末四处迸溅。

鞭炮燃尽，四周顿时安静了下来。徐青掸了掸掉在身上的碎末，拿出正在响的手机，接起。电话那头问他怎么不接电话，徐青说这不是接了吗？那头说你看看手机，刚才已经打过两个电话了，都没接。徐青说刚才没听到。那头说，周塘村这几天做戏很热闹，过来到我家凑个兴。

徐青其实是不喜欢看戏的，戏台上咿咿呀呀的唱腔拖得老长，听着累得很。小时候和小伙伴们挤到戏台前，也不过是凑个热闹而已。邻村周塘的这个朋友就是那时候认识的，台上一场婺剧《杨家将》打打杀杀，台下的他们也扭打在一起。不打不相识，长大后他们就成了朋友。

徐青早年做过企业的业务员，后来自己单干做起五金生意，赚了不少钱。他喜欢结交朋友，用他自己的话说，对做生意的人来说，人脉就是财源。

那天，岩石村的书记老赵、村委会主任老王也到周塘来看戏，他俩也一起到了徐青的朋友家串门，几个人就凑到了一起。朋友自然就把老赵和老王介绍给了徐青。

在闲聊中，老赵说他想为村里做点事，但苦于村里没有资金，想来想去，准备卖掉村里的石头山。

徐青问石头山在哪儿。老赵转过身，用食指隔空对着西南方向说，就在离城区不到五公里的地方，近得很，哪位有识之人倘若手头有钱，值得投资。

老王随即附和道，对呀，若建房办厂是最理想不过的了，一来交通方便，二来离城区不远，和工业区的厂房比比，就更划算了。

老赵和老王两个人一来二去，说了利用石头山投资办厂的诸多便利之处。徐青暗自算了一笔账，有点心动，便向老赵、老王要了联系电话，说是先和老婆商量一下，回头再作决定。

回家后，徐青和老婆马上就开车去石头山脚下转了一圈，又登上山去一番探察。不久，他们就花四十五万元买下了石头山，合同使用期限为五十年。但由于种种原因，工程迟迟没有启动。

（三）

2009 年 8 月底的一天，徐青接到老赵的电话，说是关于石头山的事急着要找他。徐青问怎么回事，老赵说电话里说不清楚，晚上他和老王一起过来面谈。

晚上，老赵和老王来到金大塘，两人一进门就唉声叹气。徐青觉得情况有点不妙，一边招呼他们坐下，一边急切地问，到底出了什么问题。

老王不吱声，看着老赵，对他使了个眼色。老赵摸了摸后脖子，吞吞吐吐地说，有村民告我和老王的状，说这么好的一座山，如此低价出售，一定是村长、书记捞足了腰包，收了卖主不少好处……

"谁说的？我什么时候给你们好处了？"没等老赵说完，徐青眼睛一瞪，胸脯一拍，说，让他们来问我好了，那些人真是胡扯淡！村长书记还不是为了搞活经济，增加村里的收入，为村里改善基础设施，惠及村民的事不说，居然如此无理取闹！

老赵轻声说，可不是嘛，村民们知道后，议论纷纷，低价卖掉石头上村里亏大了，若拿来招标，岂不是可以卖出更高的价？

徐青似乎听出点什么，翻了一下眼白，黑眼珠子一瞪："那是说，你们想反悔？"他又转念一想，皱了一下眉头，"我们可是白纸黑字签过合同的。"

老王支支吾吾地说："呃……这个倒不是，主要是有村民告状，说农村土地现在不允许买卖，我们这样做是违法的……"

徐青呆呆地看着一副苦瓜脸的老赵和老王。当初可是这两个家伙像演双簧一样，兴头头地说如何如何划算，有板有眼儿地把他说心动了。至于石头山是否可以合法出售，他倒是真没有细问，更没去咨询过相关部门。倘若这是违法买卖，他岂不是惹祸上身？原本挺直了腰板子，还能拍几下胸脯的徐青，一下子就像霜打的茄子——蔫啦。

三个男人傻傻地坐在客厅里，老半天没声响，只听到墙上电子挂钟发出的轻微滴答声。

"那……唉，这样，我们得退你那笔钱。"老赵挠了挠头说。

"退钱？没那么简单吧，都三年了，连本带利远不止四十五万了，何况这事是你们先反悔的！"徐青叉着腰，在客厅里转了好几圈，拿起杯子喝了一口水，在老赵旁边坐下来。

"真的对不起，我们考虑不周，真是为难你了。我们也不想这样，我们好心办坏事呀，这个钱……"老王用求助的眼神看着老赵。

老赵继续挠头皮，也不知道是真的头皮发痒还是那只手无处可放，喉咙里发出几声干咳，说："呃呃……是这样……村里道路、村办公楼的建设需要钱……"

徐青见他俩吞吞吐吐的，心里"咯噔"了一下，张大的嘴巴可以塞得下一个鸡蛋："该不会是没有钱还了吧？"

老赵将头皮上的那只手，落到胸脯前，拍了几下，这个绝对不会！做事不能不讲信用的，所以今天我们特意过来商量这事，大家一起想想办法，一起想办法。

你们说怎样办？那年，我本想去工业区买厂房的，后来觉得还是买石头山划算。如今工业区的地价噌噌上去了，被你们一搅和，我这笔钱和打水漂有什么区别？刚刚坐下的徐青又站了起来，叉着腰，嗓门比之前大了好多。

老赵和老王面面相觑，无奈地看着徐青在那干发火。

老赵说，所以他们今天过来就是希望徐青你高抬贵手，石头山要收回，钱呢一定会还，但得缓一缓。

老王接过话茬，对，一定要还的，我们做事不能不讲信用，况且这是集体的事情，若赖账，那咱们的面子往哪儿搁，一世英名都毁于一旦了。

老赵和老王又是一番信誓旦旦地一唱一和。

徐青低头，沉默了老半天，缓缓地抬头看着老赵，问："你们想缓多久？"

老赵伸出剪刀手，说给他两个月时间，等钱筹齐了，他们一定按时连本带利归还，行不行？

"嗤——"徐青冷笑一声，"连本带利？多少利息？如果用这笔钱去别处买地皮，我现在都不知道赚了多少了！三年，算算看，害得我赔了钱又没了山！倘若你们不按时还呢？那我可要去告你们的！"

老赵哭丧着脸说，他们没想害他，实在是走投无路，才过来请他体谅一下。他都快六十的人了，活了大半辈子，当了这么多年的村书记，摊上这事，真是第一糟心啊。

"要不我和老王担保，写借条给你，如何？"

老王也说："对对，我俩担保，这样你总放心了吧。"

三个人一直谈了三个多小时，各自倒了各自的难处和苦衷。

钱这玩意儿就像嫁出去的女儿泼出去的水，有什么办法呢？徐青眼看着鼓起的腰包正在慢慢缩水，说不出的憋气，但又颇感无奈。

"那我丑话说在前，如果不还，我可是要去告你们的！"徐青仍然余怒未消。

老赵、老王连说抱歉，把胸脯拍得砰砰响，斩钉截铁地说，他们一定会想办法按时归还，说到做到！

就这样，双方协商后同意岩石村两委以借款的方式写下欠款六十二万（四十五万本金加上三年利息）的借条，且承诺两个月后还清，逾期按照每月2%的利息计算，同时注明，此借款用于村办公楼及村道路建设。最后盖上了岩石村两委和岩石村经济合作社两个圆圆的公章，第一担保人是老赵，第二担保人是老王，白纸黑字和两个鲜红的公章连同两个清晰的指印，锁定在2009年9月2日。

（四）

两个月很快过去了，老赵老王那边还是没有动静，说是村里实在筹不到钱。徐青一气之下就把他俩告上了法庭，这案一告一个准。

官司是打了，可十多年过去了，徐青手里捏着老赵和老王担保的条子，一直没有下文。村干部已换了几届，老赵也去世了，担保人从两人变成了一人，当年意气风发的老王也已是近六十岁的普通村民。

"你说我冤不冤？"徐青说，他从当年的小伙子成了现在的中年男子，当初的一大笔钱打了水漂，连讨债都无处可讨。

吕大姐和徐保卫说，他们很理解他的心情，这次过来正是希望能帮他把这事做个了断。

"做个了断？我何尝不想，可是，这钱就是从2009年算起，至少也得还我一两百万了。这笔钱若买房子，我都赚翻了！"徐青说得有点激动，一手叉着腰，一手不停地指向天花板，衣襟煽动了几下。他又拉了拉脖子上的领带，西装敞开，门襟里的肚腩一鼓一鼓的。

吕大姐说倘若按他这算法，调解就难了，只有退一步，才有调解的可能。

徐保卫接过话茬，俗话说得好，一千不如八百现，八百不如六百亲手现，让他也退一步，不要咬着一百多万不放。

胡子贵说，早点拿到钱才是最重要的，是不是这个理？

几个代表好说歹说，徐青绷着脸依旧没有吱声。恍惚之间，十年前老赵和老王也是在这里，两人一唱一和的场景还记忆犹新，而今，三个人大代表过来，一唱两和，让他好不心烦。

但是，当徐保卫说到他现在把生意做得这么好，几百万对他来说真不算什么，就是咽不下这口气的时候，徐青拍了一下大腿说："对，说的就是这个理！我就是气不过，真是晦气，这笔钱花得真是冤枉！"

吕大姐说也不是晦气，否则他这些年能够把生意经营得如此兴隆吗？说不定就是老天给他补偿那笔损失的钱呢。若说冤枉，老王比他还冤，被这个官司逼得苦不堪言，都上了黑名单，而这笔钱他们当时确实都用在村里的建设上了。

徐青没好气地把头一扭，"哼"了一声，说："那是他和老赵自找的，当年签下担保书，他就得负这个责任！"

徐保卫劝徐青不要这么激动，老赵和老王要负这个责任没错，但现在责任都落到老王一个人头上了……他俩都是实在人，不懂法律，只顾埋头做事，把自己卖了都不知道。这笔钱只能向村里要……

吕大姐说，其实徐青当年买下石头山，本来就是法律不允许的，当时如果去咨询一下相关部门，就不会到这样尴尬的境地。至于那些利息，让他权当为村里做慈善了，与其一点都拿不回来，不如少拿一点……这个案一拖这么多年，这个亏是三个人一起受的，不过受益的是岩石村的村民。

"那你们觉得我该咋办？"徐青似有所动。

吕大姐说，本金要回就算不错了，若可行的话，他们去想办法。

"什么！？四十五万？我这钱都变成渣了！"徐青瞪大了眼睛，颈部的青筋涨得粗粗的，若隐若现的喉结在他的脖子中间来回翻动。领带结也被他仰着的脖子拉扯了上去。

徐保卫让徐青冷静考虑，这个方案才比较切合实际。当然，他们还要做岩石村干部的工作，无论如何，这总比一点都拿不到强。老王现在年龄也大了，到时万一……渣都要不回来。徐保卫觉得后面这几句话不太吉利，就忍住了。

林法官接着说："不仅到时候没处要钱，官司也无处可打啊。"

听着大家推心置腹地分析，徐青感觉句句在理。唉，也只能这样了，这分明是道单选题啊。

（五）

次日，林法官和吕大姐他们几个又去了老王家。

精瘦的老王皮肤黝黑、满头白发，提起十多年前的这个案子，真是满肚子的委屈。他用食指戳了戳脑门，看看，这么多白头发就是被这官司逼出来的，他说现在劝后辈，村干部当不得……

"这话可不中听！按你这么说，我也是村干部，我的下场难道也会和你一样？你是自己不懂法好吗。"胡子贵忍不住怼了他一句。

老王说，他承认是他们不懂法，可是，那钱又不是进他和老赵的腰包，都是为村里做事用了的，借条上明明盖着村里的两个大公章，而且村委会都讨论过的。想想老赵也好可怜，村里有人说他是因为吃官司吓死的，一个快七十岁的人，哪经得住这样的打击啊。他呢，这把骨头虽然经打，却上了黑名单。更气人的是，他去银行存钱时，原本银行卡里有两万多的，居然说他欠六十多万！钱都被徐青划走了……为了这事，老婆数落他这个村长当得真窝囊！功劳没有，苦劳没有，还倒贴钱！他每天心神不宁，店里的生意也每况愈下。

老王抬起手背擦了擦发红的眼角，继续倒着苦水。前些年他老婆查出肺癌又花了不少医药费，他陪她去省城看病都没法坐高铁，自驾车去么又经常被拦，人倒霉的时候喝口水都要呛着。老赵倒是干脆，眼睛一闭，双腿一蹬，拜拜了，害得他老王一个人扛着这笔债……

吕大姐说，老王和老赵都是想做事的人，也是有作为的村干部，这一点村民都看在眼里，只是他们用错误的方法做了正确的事。

老王听后连连点头，又摇了摇头，不知该喜还是悲。

林法官说，这个官司的难处在于，当初老赵和老王用白纸黑字写下的欠条和摁着的指印，表示他们自愿为这个案件提供担保，就要承担清偿责任，而且他们开村委会讨论的时候，也没有记录，所以这起官司从法律上讲就得他们来承担。

"天地良心，这可以去问问村民，这笔钱我们都用到哪里去了！"老王"噌"地站起来，指着天花板，一指禅不停地抖动起来。

"你不要激动，我们是就事论事，这是从法律角度来分析的。当然，事实又是另外一回事，所以我们过来调解。"胡子贵说。

"要我赔多少？这六十多万欠款还不是在我的账户里吗？"

徐保卫说："我们去找过徐青，他同意原价还。"

"那我岂不是也要赔四十五万？"老王的脸歪着，语气突然缓和了下来。

吕大姐告诉他，这笔钱呢按理应该由村里来负担，但是他担保了就要承担法律责任，三万律师费由老王承担。他们再去和原告那边做做工作，案件了结了，他的失信记录就能解除。

"三万律师费要我出也是冤枉的。但是，让村里还，徐大新会同意吗？我看不见得！"老王又泄气地摇了摇头。

吕大姐说他们会去做徐大新的工作。不过作为老村长，你对刚刚上任的徐大新也要有个态度才是。

老王不吱声，拧着眉，陷入了沉思。

老王知道，刚刚卖掉石头山的时候，有村民说他和老赵低价出手，其中有猫腻，徐大新就是其中之一，双方那时就结下了疙瘩。现在让他去找徐大新说事，心中确实没有底。当时村里没钱，老赵和他不得不变卖石头山，把钱用于村里的"三清四改"。近两年村里好几块地被征用，政府补贴了不少钱，财务上早已不像早些年那么一穷二白了。可是，现在又不是自己在任上，做不了主。这笔陈年老账算到村里（本来就是村里的），得通过徐大新点头且提到村民代表大会讨论，让他向这个毛头小子低声下气求助，他会吗……老王一想到这，又浑身不自在起来。

"老王呀，去和徐大新多说说好话，不要觉得没有面子，又不是叫你去偷去抢，这不过是让村里的负责人承担一下这个责任，我们会去做他的思想工作，一起努力好不好？"胡子贵看老王支支吾吾的，知道他有很多顾虑，就继续劝导他。

许久，老王才勉强点了点头。

（六）

面对气呼呼的徐大新，吕大姐说，要说冤枉，其实徐青、老王比你都冤，现在最大的受益者是村民，若当初没有那笔钱，现在村里哪有这么宽敞整齐的道路和漂亮的办公场所？

一提起这，徐大新又气不打一处来。

那天，徐大新接到老王的来电，刚开始老王的口气还算好，拜托他能够把这事解决了，可是说着说着，老王居然要挟他，说这笔钱村里若不出，老子哪天开着挖机把村里的路铲掉！拿个大榔头把办公楼敲掉……老王在电话那头越说越激动，徐大新也狠狠地顶了他一句，你爱怎么着就怎么着，就摁掉了手机。这事是你求我还是我求你啊？到我这里还来这一套？哼！徐大新挂完电话后鼻孔里直出气。

"你以为他当真会铲路、敲楼不成？你刚刚当选村支书，是村民对你的信任，再说这笔钱用在村里是事实，这旧账就像事实婚姻一样，你不承认也得承认，作为新上任的村支书，不能不过问。"吕大姐语气有点重了起来。

"这笔钱从我手里划出去，到时候村民又说事儿了咋办？"

徐保卫说，新官不理旧账可不适用咱新时代了，只要上一届村班子做的是正事，新官都得面对，把这事处理好才是新任村委的担当。再说这钱本来就是花在村集体项目建设上，村民是不会有意见的，真不行，到时候他们再帮忙去村民做工作。

吕大姐也说作为村干部，千万不要把个人恩怨搅和进去，尽快解决一些村里的历史遗留问题，才能树立自身的威信，也才像新上任的干部，这也是开好头的第一步……

第二天一早，在法院人大代表联络站，在几个人大代表和林法官的见证下，老王、徐大新、徐青签了调解协议书。

老王是最后一个离开的，他有些激动，说话的声音都有点颤抖了起来，他说这些天一直琢磨着你们几个代表说的话，之前还想不通为什么律师费得由他承担，现在总算想明白了，确实是自己因为不懂法造成的后果，所以买这个单也不算冤。现在终于可以放下包袱了，他也可以从黑名单中"解放"出来了，多亏了大家的鼎力相助！

八个和一个

"他有八个孩子，等他老了还有依靠，而我呢，本来有一对双胞胎的，现在只剩一个了，剩下的这个又没那么灵光，现在还没工作，而且我还有尿毒症，每周都要去医院做血透，我们夫妻俩将来老了可怎么办啊？"说罢，金云田泣不成声，一张灰暗的脸上老泪纵横。

吕大姐默默地看着金云田，光秃秃的脑门有些暗沉，两边鬓角隐隐的短发呈灰白色，暗淡无光，厚重的眼皮盖在发红的眼睛上，眼里不时有液体溢出……吕大姐本想让他把赔偿的数额再降一点，可话到嘴边又咽了下去，她实在开不了口。

（一）

去年夏天的一个深夜，睡梦中的金云田被一阵急促的手机铃声惊醒，他揉了揉惺忪的眼睛后按下了接听键。电话那头说他的儿子在永康第一人民医院急诊室抢救，让他马上过去。

金云田被惊得从床上跳了起来，他马上叫醒熟睡的妻子，急匆匆穿衣夺门而出，骑上电瓶车一阵风似的往医院赶。妻子在后面紧紧地抱住他的腰，不停地叮嘱他安全第一、安全第一，但妻子的手一直在颤抖。她不停地向上帝发出祈求：上帝保佑，上帝保佑，儿子会没事的，他会没事的。一会儿她又向佛祖请愿：阿弥陀佛，阿弥陀佛，佛祖保佑，佛祖保佑，金伟会没事的，他会没事的……

他们万万没有想到，几个小时前刚和他通过话的儿子金伟，此刻躺在医院已不省人事。他们感觉像在梦中，当然，金云田也真的希望是在做梦。

夫妻俩心急火燎地赶到医院，闻到那股消毒水的味道，听到嘈杂的脚步声，看到医护人员穿梭的身影，他们知道这不是梦，儿子真的出事了。

金云田一边呼唤着儿子的乳名，一边紧紧握着金伟的手，可是任凭金云田怎么叫，儿子始终没有睁开眼。吸氧管发出"咕嘟咕嘟"的声响，湿化瓶不停地冒着泡泡，儿子身上插满了各种管子，搁在他旁边的监护仪发出滴滴声，医生和护士不时地过来抽血、输液、输血、看血压、查瞳孔……两个小时候后，医生宣布，抢救无效死亡。

妻子嚎啕大哭，呼天唤地，骂老天爷，怨司机，怪儿子这么狠心抛下他们。金云田则不断地拍打自己光秃秃的脑袋，不停地跺脚，时而把脸深深地埋在宽厚的掌中，时而紧紧闭着双眼，仰着头，任凭泪水从眼角一直流到耳后再到脖子再到胸口。

他特别后悔，不应该让儿子回来。

金伟从武汉科技大学毕业后，杭州的阿里巴巴网络技术有限公司准备和他签约。当金伟打电话把这消息告诉父亲的时候，金云田却非要他回永康来工作。因为金伟双胞胎的弟弟没有哥哥优秀、活络。在农村，这个优秀的儿子足以让他们一家光宗耀祖，最重要的是回来可以照顾到家。虽然现在交通方便，但如果留在省城，一来生活开销大，二来没法照顾到家。孝顺的金伟便放弃了在杭州工作的机会，回到了永康。

假如，金伟在杭州，这事就不会发生。可是事到如今，假如有什么用？难道他们一家人就逃不过"车祸"的魔咒吗？

十年前的一场重大车祸，曾把金云田夫妇撞得各自剩下半条命。自那次车祸后他们俩的身体一直不好，而他们除了要供养双胞胎儿子读书外，还要照顾岳母一家人。因为金伟的外婆患有精神病，舅舅又是个聋哑人，好不容易盼到双胞胎儿子长大，两年前金云田又因为糖尿病导致肾功能衰竭，每周两次要去医院做血透。如今，他的宝贝儿子，那个家里最看好的儿子，正如冉冉升起的太阳一样的儿子，即将成为他们金家顶梁柱的儿子，又被成龙武开的大货车给撞没了。如果能够用自己的命与儿子换，他都一百个、一千个愿意！

当舒法官问金云田为什么对方已经赔了钱还要告他时，金云田说，那钱不是成龙武自己口袋里面掏出来的，而是永泰公司替他偿还的，对他本人没有惩罚过。金云田还说他可以原谅永泰公司，但不会原谅他。特别是当初调解的时候，成龙武态度还很"恶劣"，让他赔钱时，他居然说宁愿坐牢，即便把牢底坐穿也没有钱赔。

（二）

一年前的夏天，天气异常闷热。

开了一天的货车，成龙武的车进城后，他有种胜利在望的感觉。

晚上9点多，公路上的车还不少，路灯在眼前忽闪而过，头顶上监控抓拍的闪光灯在眼前亮了一下，倏忽就过去了。他腾出一只手来，微微卷起拳头，好几次想把那几个呵欠塞回去，却无济于事，他想尽快回去痛痛快快地洗个澡，然后躺到床上好好睡一觉，这样明天还可以继续上路。

他沿着溪心路自东往西行驶，快了，前面就是五金大道的十字路口，往右拐很快就到厂里了。他打着转向灯，把着方向盘，提前往右侧行驶过去。突然似乎看到一个阴影被刮擦了一下，他一紧张，想踩住刹车，可是来不及了，却不知道为什么，踩了个油门，听到车窗外传来一个沉闷的"哐当"声响。

等他停好车、打开车门下来的时候，发现被他撞倒的电动自行车和人完全分开了，车头的反光镜被甩出老远，头盔也滚到一边，被货车后轮压着的电动车扭曲着躺在地上，二十多米开外，一个人倒在血泊中，轻轻地呻吟了几声，就再也没有了声响了……

成龙武开了二十多年货车，一直都是安全驾驶员，第一次遇到这样的事，他当即慌了神。

慌乱中他意识到救人要紧！闷热的空气压得他喘不过气来，背上、额头上的汗水不断涌出，也不知是因为太热还是太过紧张，打电话的手不听使唤，手机不停地抖动。对，先打120，这是在哪呢？哦哦，这是在溪心路上，他拿着手机紧紧贴着耳朵，兀自转了几圈，又仰起脖子，抬头看看不远处高高挂着半空中的指示牌，这里就在五金大道和溪心路交叉路口快到的地方，对对，在溪心路自东往西五金大道还没到的地方……对方问他有没有报过警时，他才想起，还应该打110报警。报了警，对方问他有没有打保险公司，对了，还应该拨打保险公司……可是，一看手机快没有电了，他急得不知如何是好。

没多久，救护车呼啸着来了，车顶上的灯忽闪忽闪的。120 车上的人下来，嘴里嘟哝了一句，你怎么开的车啊。他们过去看了看地上的人，摸了他的头，拍了拍他的肩膀，拉了拉他的衣服，再用手拨开他的眼皮，用电筒照了照眼睛，说了一句，人很危险啊，估计没有希望了。

110 警车也很快到了。警察下车，鹅黄色的反光条横在他们背上走过来走过去。成龙武他拿出证件，手不停地发抖，警察和保险公司的人过来查看、拍照、做笔录……

在医院的时候，当医生告知人已经没有生命体征的时候，成龙武脑袋"轰"地一下，他一不留神就把一个鲜活的生命给弄没了，这可如何是好……对了，这事还得赶紧告诉老板。

（三）

成龙武万万没想到，他赔了钱之后，对方还要告他！法院判决下来，他还有一年半的牢狱之灾！若要缓刑就需得到对方的谅解，对方说要谅解可以，但你得拿出十万元来再说。他说他哪里有这么多钱，如果要赔钱的话，他宁可选择坐牢。

成龙武一年下来也赚不了十万，况且家里还有八个孩子，从十八岁到九岁，就像阶梯一样，差不多一年多生一个，一窝的娃娃在家里嗷嗷待哺，等着他寄钱回去呢。

舒法官问他怎么可以生这么多的孩子。成龙武说，他是苗族，计划生育对少数民族没有要求，在他们湖南老家，若一个家没有男孩，等于绝后代。成龙武眼巴巴地看着妻子的肚子慢慢地鼓起一个个希望，却又在一声声的啼哭中独自哀叹，一个个闺女陆陆续续地来到他家报到，就像老天故意和他开玩笑似的。

那年春天，成龙武的第七个闺女出生后，老婆叹息道，要不就算了吧，孩子太多，咱们负担不起啊。他仰头看到屋檐下的燕子飞进来又飞出去，其中一只嘴里叼着虫子，也不知道是燕子母亲还是燕子的父亲，它嘴里衔着的虫子稳稳地落在燕窝里张大小嘴巴中的一只，不知是母亲还是父亲的燕子，在窝边停留片刻，梳理了一下毛羽，又扑闪着翅膀飞了出去，划过成龙武的头顶，那个黑点慢慢地变小，最后消失在空中，燕窝里的小崽崽们叽叽喳喳地叫个不停。

成龙武说，不行，成家就他一个儿子，无后是对老祖宗最大的不孝，他在永康打工，那里的经济还不错，他可以把每年赚来的钱除去基本生活开支外，一分不少寄回来，他有能力供养他们。等娃娃们长大了，他就可以享福了。

成龙武买了香烛，去观音娘娘前跪下，虔诚地俯首祈求赐给他一个儿子，末了还将一张崭新的一百元塞入功德箱中，希望成家的香火得以延续。或许是他的求子心切感动了观音娘娘，第八个孩子出生的时候，男婴一声脆亮的啼哭声，终于让成龙武如愿以偿！从此，他感到心满意足了，干活再怎么累，他都愉快地接受，因为他还年轻，有的是力气，儿子给他带来了无穷的动力。

当成龙武不停地搓着手，说家里还有八个孩子等他寄钱回去、实在拿不出那么多钱时，吕大姐也不敢相信。虽然眼前的成龙武笨嘴拙舌、一副憨厚老实的样子，虽然少数民族不受计划生育政策的限制，但一气生下八个孩子的还真是没有听说过。后来成龙武的湖南花坦县老家寄过来证明，说情况属实，并把他们一家8个娃娃从低到高一溜烟排开的照片寄过来，大家才不得不相信。

成龙武最小的孩子，也就是那个姗姗来迟的儿子才九岁。八个孩子中，两个在读小学，四个在上初中，两个在上高中。最大的女儿今年高考，因为受父亲的事情影响，本来学习不错的她，这次却考砸了，只考了560分。她本来想报考警校，填报志愿的时候，又怕受父亲的事情影响，到时候政审通不过……女儿虽然高考失利，但成绩也还不错，对此，成龙武不知是该喜还是该悲，他紧锁着眉头，耷拉着脑袋，他已经被眼前的官司纠缠得焦灼不安。

吕大姐说，如果是永康人，她会联系慈善总会帮助他孩子解决读大学的全部学费，可是孩子在湖南，她让成龙武去老家那边了解一下，当地是否可以申请大学学费的救助。

成龙武摇摇头，说老家那边太穷了，没有财政收入，哪来的救助啊。他说，这件事对他这个家打击太大了。自从惹上这事后，他没有睡过一个好觉。他的驾驶证被吊销，失去了每个月八九千块的收入，现在只能做普通的打杂工，收入比之前少了近一半。

然而，生活还要继续，成龙武七拼八凑，加上在老家贷的款，也只筹到六万元，与金云田说的十万相差甚远。他曾希望老板能再伸出手来帮帮他，他会慢慢偿还。可是老板说之前已经帮助过他了，那一百四十四万元就是保险公司还没有理赔的情况下，公司先替他支付的。

（四）

这天，吕大姐、舒拉、新贵几个人大代表一起来到永泰公司。

老板陈威一照面就说，成龙武是他们公司的员工，有困难理所当然要帮忙。当时保险公司评估出来的金额是一百二十七万元，但是和解签署的金额是一百四十四万元，多出的十七万元都是公司出的。与金云田签署调解书时，都怪成龙武太老实，没有让当事者写下免于起诉的调解协议书，当然也没有想到对方会来这一手。一次解决不行再来第二次、第三次，会不会成为无底洞？再说，公司也不是他一个人的，是好几个人合股的，他一个人说了不算。如果真的要帮助，他宁愿等事情解决了，他以个人的名义给成龙武一些帮助。

陈老板的话也不无道理。

吕大姐说，作为受害者，金云田这样做虽然有些让人意外，但站在他的角度，他们家确实也很困难，我们也不忍心要求他们降低赔偿，而且他们也说这个数额是考虑到成龙武的实际情况提出的。他不同意调解，成龙武就得坐牢，服刑期间，作为家里唯一经济来源的成龙武就没有一点能力了。如果能得到对方的谅解，他还可以缓刑执行，这样成龙武就可打工赚点钱来维持这个家……我们也是基于这样的考虑，才如此着急。再有，大家多给他一些关爱，让一个外地打工者在永康感受一点温情，永康的企业和人民不是那么无情和冷漠的。吕大姐说，他们几个代表过来，还想了解一下成龙武在公司的为人和表现。

新贵说，真不行，他个人给成龙武出两万，另外两万是不是可以帮忙解决一下？

陈威摊开双手说，唉，这个老实人哪，真拿他没办法。他在公司好几年了，是有名的老实人，再怎么累的活，他从来不会推辞。同事之间都相处得很好的。出事后，公司里曾经为他举行过募捐，虽然捐款金额有限。他说，新贵与成龙武非亲非故都出手帮了，他还能说什么呢，那就凑足十万，但一定要对方写下，之后不能再反悔。

"这样吧，马上就到9月了，公司职员的小孩学费我们应该帮助他们解决，我以个人名义给他两万，权当我给他孩子的学费被他挪到解决车祸纠纷中用了。"陈威倒也爽快。

（五）

成龙武的十万元终于有了着落，金云田也签下了不再追究成龙武民事责任的协议。

为了表达对吕大姐、舒拉还有新贵的感激，几天后，成龙武专程来到人大代表联络站，送来了一面"一心为民办实事，人大代表暖人心"的锦旗。他的眼里噙着泪水，说他终于可以继续干活为家挣钱了。

吕大姐说，从此他最大的责任就是继续养育八个孩子，教育好孩子，对社会要有责任心和感恩之心，要为社会多作贡献。

成龙武说他准备回老家去，因为缓刑人员要去当地每周一次社区矫正。再有，自己的驾驶证被吊销后，一时半会很难找到活儿做，所幸前几天他通过朋友联系到了一份去当地挖煤的工作，虽然危险也很累，但为了还债，为了八个孩子，他还得拼命地干。

成龙武走出法院的时候，手机里突然提示，他的银行账户有两笔一万元的汇款打了进来。他正愣神之际，接到了吕大姐的电话，说这两万是她以个人的名义给成龙武的，一万是给他孩子的学费，一万是给他家人的生活费。她代表永康人，感谢他这几年来为永康所作的贡献……这里虽然给你留下了一些不快，但相信也有值得你留恋和感到温暖的人和事……

成龙武一边听一边泪如雨下，他哽咽着说不出话来，只是一个劲地说谢谢……

火灾连环告

（一）

"工业区的厂房着火了……"早上，阿娇刚刚起床，就接到了阿峰的急电。

阿娇只觉得两腿发软，两手不停地颤抖，耳朵嗡嗡作响。她赶紧背靠着墙，不让自己倒下，等缓过一口气来，才慢慢挪动脚步，一屁股坐到了沙发上。

过了一会，阿娇才想起给儿子俊杰打个电话，让他陪着一起过去看看。

母子俩急急忙忙赶到工业区，远远就看到他们的厂房上空浓烟升腾翻滚，就像面目狰狞的野兽，遮住了半个天空。熊熊火舌噼里啪啦作响，不时有烧焦的碎末冲向天空，焚烧的塑料、橡胶味裹挟着一股股浓烟味四散开来，特别刺鼻。

消防队员们戴着头盔、弓着步，正擎着水枪往火势最猛处喷射，好几根水柱在空中呈弧形交互穿梭，宛若蛟龙。水枪的冲力很大，一根水枪都有两三个消防员同时扛着。

阿娇和俊杰下车后，也不敢靠近厂区，只能远远地站在一边干着急。

不远处的阿峰拿着手机不停地打电话，老杨夫妇也在那里打电话。不时有过往的车辆停下来，车主摇下车窗吃惊地张望，但不一会儿就又匆匆走了。路过的行人也会抬头观望一阵子，有的还拿出手机拍了拍，不一会儿也走了。

火势太凶猛，人们根本不敢往前进半步，只有阿娇、俊杰、阿峰还有老杨夫妇站在那望火兴叹，眼睁睁地看着厂房在短短的两个小时内在烈火中化为乌有，乌黑的废墟透着一股劫后的凄凉。

两年之后，阿峰和老杨把阿娇告上了法庭。想想气不过，老杨把阿峰也告上了法庭。两个大男人欺负一个弱女子，阿娇更憋屈，她也把阿峰告上了法庭。

（二）

或许是昨天下午接到的那个电话，阿娇吃了加倍的安眠药也没有效果，没睡三个小时又醒了，后来就再也没睡着。

法院通知她今天上午九点去人大代表联络站，吕大姐要对她的案件进行调解。医生说心情不好会影响睡眠，而睡眠不好容易衰老，这不，在阿娇身上很快应验，短短几年时间，特别是两年前的那个官司，让她迅速衰老的程度胜过她之前所有的岁月。

之前，阿娇还会对着镜子，仔细找白发，有时候会失准，错把黑发拔下，或者把黑的和白的一起拔了，尽管发根还连着亮晶晶的小肉珠，她仍有一种莫名的快意。她还会把那几根白发细心地收集起来，弄得整整齐齐的，闲时还会去数一数，拔了多少根白发，

"陪葬"的黑发有几根。

如今，她已经彻底放弃了拔白头发的念头，因为白发多得如雨后春笋般钻出来。再说，掉发的速度比长的速度还快，所以不管白发黑发，她都舍不得拔了。

阿娇早上起来洗漱的时候，看见脱离了头皮的白发、黑发掉在洗手池里，就像蜘蛛网，伸手一捞一大把。她下意识地把湿发卷起，扔到垃圾桶里。她左端右详，对着镜中人，捋一捋刘海，看一看脑门，发际线一个劲地往后退，头顶越发稀疏，布满血丝的眼睛下挂着大大的眼袋……

多年前的阿娇，曾经那么爱打扮。当然，也因为她是有资本的，一是本来就漂亮，二来就是老公疼她且会赚钱给她花，三来她有大把大把的时间去美容院打理自己。

她眉骨上那两道精致且有点微微上翘的眉毛，就是去美容院纹的。那个纹眉的人说她的眉毛有点倒挂，这样对运势不好，眉尾纹得微微上翘才好，还看起来年轻。听罢，阿娇毫不犹豫地花了两万块钱。回家时，老公看她红肿的眉骨，得知原委后，笑她居然还信这个，说她口袋里的钱真好骗，笑她如此天真，本来好好的弯弯的眉毛不是挺好看嘛。阿娇把嘴一撇，不理他。

可是，从这几年的运势来看，这眉尾上翘的眉毛并没有给她带来好运。

阿娇纹眉后的第二年，老公便暴病去世了。因为走得太突然，阿娇哭得死去活来，她恨老公扔下他们孤儿寡母，今后她该怎么办……那年，阿娇的儿子刚刚念高中，失魂落魄的她不得不快速擦干眼泪，接手老公经营的企业。

厂里的事她以前几乎没插手过，里里外外的事如一团乱麻，斩不断理还乱，她接手两年内就连亏了好几百万。阿娇后来明白了，自己不懂生意经，靠死撑根本没用，于是听从亲友的意见，割了一半厂房卖给老杨，并用这笔钱还了债。剩下的那部分厂房用来出租，她就靠出租厂房的收入维持生计。

火灾发生之后，阿峰认为阿娇应该确保出租房的安全。阿娇说，房子是十多年前造的，她用一堵墙隔开原有的厂房，一分为二之后变卖一半的厂房，当时哪想到要有消防通道。说线路老化，那阿峰使用前不是修改了线路吗？线路修改后是不是符合规范他不说，倒是先责怪起她来，要她赔偿经济损失几百万，这让没得到一分灾后赔偿的人情何以堪！这不是猪八戒倒打一耙吗？保险公司赔的钱里就有房子的那部分，到现在阿峰还没有拿出半分钱来。

"你说，我能不告他吗？还有，隔壁老杨也告我，说是我和承租人都有责任，把他们的财产烧毁。火又不是我点的，我是不是很冤啊……"说着，阿娇的眼圈红了起来。

坐在身边的俊杰轻轻地拍了拍她的肩膀。

阿娇指了指脑袋，说自己得了轻度抑郁症，现在隔三差五要去三院（精神病院）开药，不吃药就没法安睡。"这身体就是被这些烦心事搞垮的。"她说着，眼泪扑簌簌地流了下来。

吕大姐从桌上的纸巾盒里抽出一张纸巾递给她，说："我们也觉得阿峰告你没有理由，那你现在也告他，要阿峰赔那么多钱，现实吗？解决这事，关键还是你也要退让一步，才有协商的余地……"

（三）

吕大姐和林法官三人一起找到了阿峰。三十多岁的阿峰，戴着金丝边眼镜，剃着小平头。

吕大姐说，房子在他使用期间着火了，保险公司赔偿的钱他也领走了，还去告房东，为什么？

"保险公司是赔了我一大笔钱。可是，你们知道吗？"阿峰叹了一口气，把眼镜往鼻梁上推了一下，双手放到桌子上，十指交叉，大拇指不停地打圈，似乎憋了一肚子的委屈。

三年前，阿峰租下阿娇的厂房时，他们曾经商量过房屋保险的费用问题。阿峰说，房子是她的，他只是承租者，保险费用应由房东来付。阿娇一听每年要出那么多，心疼不已，就说房子都给你用了，怎么能让她来支付呢？阿峰想想也有道理，就和她签了协议：房子的保险费阿峰负责，其中包括房屋、财产、安全生产责任险等。

阿峰凭着为人守信、产品质量过硬、经营有方，三年来，企业生产的不粘锅销量一路飙升。然而，突如其来的这场大火把厂房毁了，不仅烧毁了大量的成品，还有很多半成品、原材料、设备都毁于一旦。

根据检查，消防队说着火的直接原因是电器线路故障引燃周边可燃物所致，还有消防通道也不符合要求、线路老化等。作为房东，有保障房子用电设施安全的责任。

保险公司赔的款，阿娇当然得不到半毛钱，用阿峰的话说，险是他投的，受益人当然是他。这场火灾，他的经济损失达一千多万，保险公司才赔他七百万。不过，阿峰也没有说不给阿娇适当的补偿，前提是她要尽快把厂房修建好。原本她答应半年之内完工，但都快两年过去了，还未见半点动静，以致于他的企业无法正常生产，很多订单没法按时发货，这不是影响他的生意吗？所以阿峰希望厂房尽快修建，才能将损失降到最低。为此，阿峰还不得不四处找厂房。

还有，房东邻居老杨也向阿峰索赔。阿峰的厂着火后殃及隔壁老杨，因为他的厂房与阿峰的厂仅一墙之隔。阿峰庆幸自己当初投保了安全生产责任险，所以老杨被烧毁的产品损失，保险公司给了阿峰。阿峰说，老杨的那部分产品损失也不是不给，问题是，当初保险公司来评估财产时，老杨不如实出具价格表，以致于理赔的金额受影响，现在老杨又漫天要价，这不是讹他吗？

阿峰激动地站起来，耸耸肩，拉拉衣领，伸伸脖子，手指头在空中往左指一下，又往右指一下，最后戳了戳自己的胸口，说："这个向我要钱，那个向我要钱，而且都开了狮子口。这火难道是我点着的吗？保险公司赔的不过是杯水车薪，做企业容易吗？我告他们的目的并不是为了拿钱，而是希望这事能够早点了结。"他说，自己的损失已经够大了，阿娇还不停地催，非要等钱到手后才修建房子。

林法官说："无论从法律和道义上讲，你是不能起诉房东的。再有，房子租给你后，你把线路进行了改造，这个责任你得承担。厂房毁了是事实，她要求你赔偿损失也在理啊。"

阿峰哭丧着脸说，钱他会给，关键是房东修建厂房到现在还没有动静，只是一次次向他要钱，且每次协商后都食言，后来就谈崩了。

吕大姐说，厂房尽快修缮才是上策，现在他们还在为先有鸡再有蛋、还是先有蛋再有鸡吵个没完没了，只会让损失更大。阿娇原先说好在半年之内修好房子，是因为她以为房子是钢架结构，想当然地认为进度会很快，不知道修房一定要先经过消防、城建等多个部门同意，要办好很多手续后才能动工，所以延误了工期。另外，厂房着火殃及老杨，是因为两家厂仅有一墙之隔，根本就没有设计消防通道。根据现在的标准，若重新改造就必须空出消防通道，双方都要退出一段距离，因此也要取得老杨的同意，这就不是阿娇单方面想何时动工或完工就可以的了。

阿峰抓了抓头皮，说阿娇让他赔那么多，也不现实，即便造新房子也用不了这么多啊。让他来修建厂房也是不可能的，他根本没有那么多精力。还有隔壁老杨开狮子口，也是不可能的。阿峰说被他们逼得走投无路，只好把他们两个都告了。

"碰到这样的事，换了谁都糟心，你的心情我们也能理解。你还这么年轻，这事早点解决了可以安心做生意。既然不可能去帮阿娇修房子，那就出钱给她。另外老杨损失几百万，你也应该适当补偿给他一些。"吕大姐说。

阿峰说，他何尝不希望这事早点解决啊。

（四）

老杨摇了摇头，苦笑着说："我的产品损失，保险公司给了阿峰，我当然向他要，他不给，我当然要告他。不过，我告阿娇，不是本意，这样做不过是促进他们早点解决嘛。再说了，他们不解决，没有我的同意，阿娇的厂房也甭想造。"

面对吕大姐和法官，老杨情不自禁地回忆起两年前的事来。

那天早上，老杨睡得特别沉，一直睡到被手机铃声吵醒，许是昨天晚上喝过酒的缘故吧。他迷迷糊糊地听到电话那头传来厂里的门卫急促地声音：“老板，不好了，不好了，隔壁厂着火了！”老杨拿着手机，一手掀开被子，一骨碌坐了起来，赶紧穿好衣服，里面的羊毛衫反着穿都不知道。

老杨一边穿衣一边冲着正在厨房准备早餐的老婆喊：“快！快！隔壁厂着火了，咱们得赶紧去看看！”

老杨的老婆从厨房里探出头来，瞪大眼睛：“什么？着火了？哪里？”她立刻解下围裙，又往围裙上擦了擦手上沾着的面粉，匆匆换上衣服、穿好鞋，夫妻俩夺门而出，心急火燎地赶到离市区十公里之外的工业区。

可是，到了厂区那边，他俩只能望而却步，那迎面而来的热浪，任谁也不敢往前迈半步，更别说冲到厂里抢东西了。待火势完全被扑灭，已经是九点多了，隔壁的厂房已经面目全非，老杨的厂房被烧毁了两间，产品已被大火融化得一塌糊涂。

所幸的是，老杨之前给自己的厂房投了保险，保险公司对他烧毁的房子赔了三十万，至于被烧毁的产品损失，当初阿峰请财产评估的人过来，把老杨的连在一起评估。阿峰让老杨出具产品价格清单，老杨觉得不合适，怎么可能把所有的账目明细都交出来呢？

“一个厂总有自己的内部机密吧，他就拿这个说事儿，说我不配合评估。现在保险公司把钱都给他了，我当然得向他要。”老杨呷了一口茶，说他之前有所耳闻，市人大代表联络站成功调解了好多复杂的案例，听说这次人大代表参与调解，他是满怀希望的，巴不得早点解决。

吕大姐说，这个案子有些复杂，她希望老杨的诉求能够降低些，赔一百万也就差不多了。一场大火给三方带来这么大的损失，倘若不解决，彼此厂房修建日期越往后拖，损失就越大，对三方都没有好处，特别是老杨和阿峰。还有，阿峰他一个年轻人办企业不容易，说不定以后他的生意，在这把火之后会更"火"呢……

老杨细听吕大姐的分析，他又呷了一口茶，然后把杯盖盖上，说："都到这份上了，我还能说什么呢？"

（五）

三天后，阿娇的儿子俊杰一看到林法官、吕大姐，赶紧起身解释，母亲因昨晚一夜没有睡，身体太虚弱，就委托他过来。

吕大姐说："没事，事情来龙去脉你应该知道了的。现在本着尽可能减少损失为目的，三方必须作出让步才有调解的可能。你能够懂我的意思吗？"

俊杰说他懂，这也是他希望的，否则母亲的抑郁症会越来越严重。

林法官说，阿峰已经表态，他起诉他的母亲，并非为了要钱，而是……

"这……"俊杰唰地站了起来。林法官示意他坐下，继续说，他们已经和阿峰解释过，修造房子并非他想象的那么简单，对方也表示了理解。

俊杰说，房子是阿峰使用期间烧的，要不他负责把厂房修缮好，要不他给钱让他们修缮。快两年了，他的房子出租也受影响，这损失理应要算在一起，他们的要求并不过分。

林法官说："本来房子的保险费用应由房东出，可是你母亲居然和承租人签下协议，让阿峰来负责，这太没有法律意识了，才导致你们如此被动。"

俊杰愣了一下，摇摇头，无奈地说："唉，我妈根本就不懂这些，也不懂得如何经营。这事如果不尽快解决，我真担心她会出现精神问题……"

吕大姐说，所以尽快解决对大家都有好处。阿娇要求阿峰赔的钱，满打满算只能是修缮厂房的费用，至于出租期受影响的损失就不要再想了，这不现实。再说房子又不是新的，房子毁了，承租者的损失更大，保险公司赔他的七百万，包括了厂房和阿峰被烧毁的财产、老杨的财产。所以，不能老是盯着这七百万不放。按厂房烧毁的面积算，他们估算过，费用顶多是两百多万。

"什么？两百多万？"俊杰瞪大了眼睛。

吕大姐说："是的，否则难协调。现在厂房是越早修缮越好，这样才可以最大限度地减少损失。至于老杨，他说了，告你母亲不是他的本意，与你们不搭嘎。你看行不行？"

俊杰说，那是多少呢？

林法官说，按照他们估出来的建筑费用来赔偿，这样和阿峰谈判才有可能。俊杰想了许久，说让他打个电话与母亲商量一下。十来分钟后他回来说，那就这样吧。

"事情早点解决了，你可以把更多的精力投入企业经营，钱会赚回来的。我们的建议是你给房东二百七十万，给老杨一百万，这样能够接受吗？"吕大姐对阿峰说。

阿峰推了一把鼻梁上的眼镜，说："我接受，倘若之前有人这样出面给我解决这事，我想老早就没有这么多的烦心事了。"他站起来对着吕大姐和法官深深地鞠了一躬。

调解停当的第二天，俊杰打来电话，再次感谢吕大姐，说昨晚是他母亲这两年来睡得最踏实的一个觉，而且没有吃安眠药。

重整山河待后生

寒风一阵紧似一阵，灰蒙蒙的天空压得很低，远处的天和地连成了一片，看不到尽头。空中先是下起了雪珠，随后飘起了雪花，很快鹅毛大的雪片开始飞舞，落到空旷的荒地上，落到残垣断壁上，沙沙作响，不一会儿，地面上就有了积雪，并且越积越厚，眼前的黄泥墙壁成了唯一的暖色。

黄静妮戴着帽子，捂着口罩，只露出一双眼睛，迷茫地看向远方。她将衣襟往胸前拉了拉，裹紧羽绒服，但还是感觉寒气逼人。她想加快脚步，快点到厂区，但是怎么也快不起来，眼看着天色渐渐暗下来，郊外安静得只听到下雪的声音。她已经走了一个多小时的路，很累了，想找个地方休息一下，但根本找不到合适的落脚之处。

她有些后悔，应该听从丈夫的劝告，这时候去厂里，没有必要，再说，快过年了，厂里的工人都已经放假，去干嘛呢？可是黄静妮还是想去看看。那家小厂是他们夫妻俩一砖一瓦亲手建起来的，也是他们家最值钱的财产。前些日子，隔壁厂房因为未及时关掉电源着火了，这则新闻播出后，播音员还特别提醒大家过年期间注意消防安全。再说厂房建了多年，线路老旧，碰上万一，岂不麻烦。如此想着，就坚定了自己的决定。

突然，一张 A4 纸被大风雪裹着吹到黄静妮跟前，她弯下腰想去捡，可戴着厚厚的手套且有些冻僵了的手怎么也使不上力。于是，她用脚踩住纸，然后脱下手套，摘下口罩，聚拢了指头往嘴里呵了呵气，暖了暖冻僵的手，再弯腰捡起了那张纸。出乎她意料的是，这张纸居然是胡亥新写给刘军峰的一百五十万欠条！

纸的左上方是她刚留下的半个粘了些许泥沙的脚印，右下方是鲜红印泥的指印，指纹有点像 @，按在"胡亥新"的亲笔签名上。

欠条怎么会出现在这里？当初借的时候只是一百万，怎么多出了五十万？

正纳闷着，她看到雪地上有两条长长的车辙，像两条平行的拉链，似乎是从黄静妮要去的那个方向出来的。难道是刘军峰去厂里找他们时不小心掉在路上的？她抬头看看天空，雪片就像白条子，定睛一看确实是欠条，一张张向她飞扑过来……她本能地想逃走，可又迈不开腿，想喊，又喊不出来，再使劲抬腿，突然整个身子往下一沉，掉到了一个冰窟窿里，她失声惊叫："亥新救我！"

黄静妮挣扎着双脚一蹬，猛然惊醒过来，原来是一场噩梦！她吓出一身冷汗，坐起，身子还在发抖。打开床头灯，拿起手机一看，凌晨三点。卧室里的窗户昨晚忘了关，风正从那呼呼地灌进来。

丈夫已经去世两年了，黄静妮还是时常会梦到他，梦里的亥新似乎从未离开过。

昨天，黄静妮与刘军峰对簿公堂，判决书下来，她差点晕倒。"白字黑字写的欠条，连本带利共一百五十万，一分也不能少，你一而再、再而三地拖，不要和我说还不起，厂房卖掉不就是了吗？"刘军峰生硬地说，"不要说我无情，人为财死，鸟为食亡，走到这一步，我也是没有办法！"

听着那些冷冰冰的话，黄静妮怎么也无法将眼前的他与当年隔三差五来她家喝酒吃饭、口口声声喊她嫂子的人联想到一起。

法官说，判决之后若拿不出钱还，只能拍卖她的厂子了。

工厂在离城十公里外的开发区，是黄静妮的命根子，拍卖工厂，她是无论如何不能接受的，否则，以后她和可可靠什么活啊？尽管厂里的效益也不怎么好，但留得青山在，不怕没柴烧，特别是现在地皮越来越值钱了，怎么可以卖呢？两年前，胡亥新下葬还未满一个月，刘军峰就找上门来讨债了，如果要卖当时就卖了，这样钱也不至于利滚利，从一百万到一百二十万再到现在的一百五十万了。

如果不能和解，法院只能强制执行。一听到这，黄静妮就浑身发抖。债务中还有一部分是欠银行的，是抵押厂房贷的款，若工厂拍卖了，银行岂不是也要找上门来？母子俩岂不是都要上黑名单？还有欠亲戚朋友的钱怎么还？客户知道后，又会如何反应？到时，欠条就会像雪片一样飞过来……黄静妮不敢再往下想。

焦虑、无助、失眠，黄静妮束手无策，曾经处事果断的人，变得患得患失、犹豫不决，得了"习得性无助"——这个词是她去看心理医生后得知的。

大儿子如果还活着，现在已三十六岁了，按照永康人的说法，三十六岁才算大人，自己至少有个人可以商量。小儿子才大学毕业，涉世未深，大事还得自己扛着。

她边哭边向法官说了自己的实际情况。法官也很同情她，说，要么通过人大代表联络站调解试试，若不成，还是要做最坏的打算。

（二）

吕大姐来到五金城，左拐右弯找到了"军峰"五金商店。

在门口停了片刻，吕大姐扫了一眼这间四十来个平方的小店，里面有保温杯、锅瓢、饭铲、菜刀等等，琳琅满目的小五金产品摆满了货架，L形的柜台横在店门右侧，一只纸板箱搁在柜台上，没见店主。

"有人吗？"吕大姐朝里喊了一声。

"要买什么？"忽地从柜台里露出一个头来，原来店主蹲在地上整理货物，被玻璃柜和纸板箱挡住视线了。

"请问你是刘军峰吗？"

"是的，有什么事？"刘军峰愣了一下。

"我是人大代表吕大姐，今天过来想了解一下你起诉黄静妮的那个案件。"

"哦，这起案件很清楚啊，欠债还钱，法院按流程走就是了。"说着，刘军峰将柜台上的纸板箱挪开，露出半个身子，原本挂在脸上的微笑已全然消失。

"那你有没有试着通过调解要回那笔钱呢？"

"调解？调解也要拿出诚意来啊，没钱，怎么调，她不卖掉厂房，我看她是还不起的。"

"这我知道，当初黄静妮向你借了一百万，现在利息却高达五十万，这一百五十万可不是个小数目啊。"

"这个借款可是当初她自己签过的，又不是我讹她！要不是看在几十年交情的份上，我能借出一百万吗？"刘军峰从裤兜里掏出一盒香烟，抽出一支送到嘴里，伸手到柜台上拿了个打火机，哧——火苗从打火机中蹿出来，他歪着头，眯着眼睛，点着烟，深深地吸一口，半晌，从鼻孔里吐出两道长长的白烟。

"现在人死了便一了百了，我这钱可不能如烟一样没了呀。"他悠悠地吐出一句。

"是啊，你们做生意也不容易，这两年疫情对店里的生意影响也不小吧。"吕大姐深表理解。

"当然，淘宝上的还行，混混日子嘛，也就这样。"刘军峰说自己是小本经营，当初借钱，是因为相信胡亥新。八年前，他们建厂房急需资金，胡亥新想让他入股，他没入，但看在多年交情的份上，就借钱给了他，其中一半还是自己的房子抵押贷款的。胡亥新说他既然不入股，就按民间借贷利息计算。亲兄弟明算账，胡亥新是明白人。反正这笔账、这个利息，都是合法的。

"黄静妮就是想赖账，根本没有要还的诚意，如果两年前还，连本带利也就一百二十万，不至于欠下这么多。后面三十万利息是她自己同意的，我也没有逼她。"说着，刘军峰左手搁在右肘抱胸，右手将烟送到嘴里，又吸上几口。

"你几个孩子，多大了？"吕大姐想先转移一下话题。

"两个，大儿子三十了，正准备结婚呢，他们要在城里买婚房，做父母的哪能袖手旁观，总得资助一点吧。我自己的房子已经被抵押贷款了，首付的钱现在还拿不出来，你说，我不急吗？"

"准备买哪里呢？"

"现在房价高，也只能买便宜一点的楼盘咯。喏，就在你身后的那个楼盘。"刘军峰下巴抬了一下，伸了伸脖子，举着半截香烟往空中指了指，几粒烟灰撒落下来，掉在玻璃柜上。

（三）

这天，林法官和吕大姐来到黄慈溪工业区的"新新塑料包装厂"。

走进大门，只见一个偌大的钢棚，米黄色的，阳光透过，空气也成了微黄。门口左边的花坛长满了杂草，几个花盆横七竖八地躺在那，盆里的花看着已枯萎了有些日子了。门的右边堆着一捆一捆废弃的塑料薄片，还有很多纸板箱。门口正中看过去，应该就是厂房了，有个兜着围裙、穿着蓝色衣服的人坐在那忙着，一个拿着账本的人正弯着腰核对纸板箱里的东西。

林法官拨通了黄静妮的电话，拿着账本的人掏出手机接了，然后扭过头往门口这边看过来，随即招了招手，挂了电话快步走过来，连说："不好意思，不好意思。"

走到跟前，黄静妮侧身指着一道虚掩的门，把林法官和吕大姐引到办公室。这个房间不过十来个平方，左边的桌上满是灰尘，账本和台历凌乱地放着，桌子正中的墙上，挂着一幅"厚德载物"的字。

黄静妮从纸巾盒里刷刷抽出几张纸，快速擦了一下凳子，招呼着让坐倒茶，同时三下五除二收拾了一下桌子上的杂物，说："你看，我这个厂很小，没时间打理，有些乱，让你们见笑了。"

吕大姐问："现在厂里有几个工人？"

"四个，现在生意不好做。工人多的时候有二三十人，当然那是我先生还在的时候。后来生意不好，为了还钱，变卖了一部分厂房，我们就把这个院子搭起来，堆放杂物了。"黄静妮指了指他们厂房的右侧，"那时候隔壁一部分厂房也是我们的。"

"你孩子呢？"

"大儿子早十年前病逝了，小儿子大学刚毕业。"

"他知道家里的事吗？"

"知道一些。"

"你有没有想过，变卖厂房还债呢？"

"卖？没想过……"说着，黄静妮眼圈红了起来，"不瞒你们说，我其实不止这么一笔债，如果厂房被拍卖，我留给儿子最后一点值钱的东西也没了……我想先缓一缓，过几年，我赚回来一定马上还！"

"可是，案已经判了，接下去就是执行阶段，若拿不出钱，你们不仅会上黑名单，而且马上就面临拍卖。其实，那天判决的时候，你就应该想到结果了的。"林法官说。

黄静妮沉默了，低下头，又拼命地摇头，双手紧紧地握在一起。

出来的时候，吕大姐和林法官说，要不还是先找她儿子聊聊吧。

（四）

早上，胡可可平生第一次来到法院，有些忐忑，这地方让他有一种说不出的威严感。昨天林法官打电话通知他的时候，他就想，自己从小到大，虽然先后失去了哥哥、父亲，母亲总是说，家里的事你不要操心，念好书就是。如今，应该是自己为这个家承担一些责任的时候了。

胡可可走进调解室，林法官向他介绍了吕大姐。可可赶紧鞠了个躬，一双手不停地来回搓着，显得有些拘谨："您好！我是黄静妮的儿子，叫可可。"

可可戴着一副近视眼镜，白色连帽卫衣，藏青色牛仔裤，身子挺拔，给人一种阳光、帅气的感觉。

"你对家里的事，应该有所了解吧。"吕大姐一边指着凳子示意他坐下，一边问道。

可可点点头，坐了下来，耸了一下鼻梁上的眼镜。

"多大了？"

"二十二，今年刚刚大学毕业。"

"找到工作了吗？"

"现在一个厂里打工，但我准备和同学一起创业，做电商直播。"

"年轻人有创业精神、有闯劲就有希望。可以说说你对家里的债务是怎么想的吗？"

"您放心，我父亲和我哥哥虽然不在了，但这笔债务，我一定会承担下来，父债子还，是天经地义的事。"可可坐直了身子，眼神坚定地看着吕大姐。

"可是现在对方急着要这笔钱，而钱赚回来需要时间，即便给他一个归还的期限，站在对方的角度，他凭什么相信你呢？"吕大姐追问道。

"这事到这个份上，也只能卖厂房了。我担心的是，即便卖了厂房，也还不了家里那么多的债，我真的不希望妈妈后半辈子这么辛苦。虽然我妈不同意，但我会劝她，请你们理解，毕竟这是她和我父亲白手起家的见证，让她转卖，不太好接受。"可可一脸认真地说，"我妈妈每天都吃安眠药，特别是刘叔叔起诉我们之后，因为过度焦虑，她的身体更是远不如前。给我一点时间，那边也帮我说说，是否能减一点利息……"

（五）

下午，吕大姐再次来到"军峰"五金店。

刘军峰看到她的时候，心想，一个年过七旬的老太太，一次次过来说事，真不怕麻烦。没等吕大姐开口，刘军峰瞟了一眼站在店门口的人，说：让我少利息是不可能的，你就不要白费力气了。"

"我过来先不和你说这事，我想问一下你是不是存心想买那个楼盘的房子。"吕大姐笑了。

"怎么啦？"

"那个楼盘的开发商我认识，我帮你打听过，和他说明情况之后，他说没问题，一定以最优惠价格给你，你看中哪套，改天找我就是。"

"啊——这样啊，那多不好意。"刘军峰有些尴尬地笑了笑，挠了挠头，赶紧从店里拉出凳子，让吕大姐坐下。

"可儿子又想买二手房，挑中的二手房离我儿子上班的地方近。不过我还是要谢谢您的好心！"

刘军峰突然觉得眼前的人亲切起来，而非只是一个说客，尽管最终还是个说客。

"哦，没事，以后你若要买那的房子可以和我说一下。"

"哎，两个孩子，一个还在读大学，一个马上要结婚，家里的房子被我抵押贷款了，钱又拿不回来，我实在是没办法。"

"我理解你的心情，你若想把钱早点拿回，最好是协商和解，那边我会去做工作，但你一定要降低你的期望值，利息减掉一部分。"吕大姐诚恳地说，"我上午找过黄静妮的儿子，他明确表态要还的。给他点时间，这个年轻人很有担当。但是，他家还有很多债，现在判决下来了，如果不和解，对可可的工作生活都会有影响，况且他还准备创业，你适当减少利息，对你来说损失会比较大，但对他们母子来说是绝处逢生，咱们将心比心，这事能够和解就和解吧。"

"要减少利息部分，还不好说，要看他们的实际行动。"刘军峰双手抱胸，说完就不再说什么了。

（六）

两天后，当吕大姐再次出现在"军峰"五金店的时候，身后多了一个人，刘军峰觉得好生面熟。

"刘叔叔好！"那人上前叫了一声。

刘军峰定睛一看，原来是可可。几年不见，都快认不出来了。

"你总说他们没诚意，今天黄静妮的儿子过来，给你送诚意来了。"吕大姐向男孩使了一下眼色。

可可马上走上前去，对刘军峰鞠了个躬。

"哦、哦，好、好。"刘军峰有些不知所措。

"叔叔，我想好了，欠钱不还，不是我父亲的为人，之前我还小，很多事不能决定，现在我也是大人了。我准备把厂房卖了，母亲之前舍不得卖，是想留着给我。厂房是死的，人是活的，若为债务的事搞得精神崩溃，留着干嘛。我还年轻，还有其他赚钱的机会……"

"可可今年刚刚大学毕业，他有自己的打算，年轻人有信心，要给他机会。"吕大姐说，"黄静妮的身体每况愈下，这事不解决，她也不安心。他们母子很不容易，给他们减一点，对你来说是损失一部分钱，对他们来说则是今后生活的希望啊……"

（七）

黄静妮茶饭不香、夜不能寐，厂里已好多天没去打理了，看看镜子中的自己又瘦了一圈。两个至亲相继离去，厂里的生意一天不如一天，当年欠下的债务，现在都压在自己身上……一阵阵酸楚潮水般涌上心头，瘫在沙发上的黄静妮，甚至想一走了之。

儿子今天接到通知去了法院，也不知道怎样了。正想着，听到开门声，她条件反射般想坐了起来，突然感到一阵眩晕，她赶紧闭上眼定了定神。应该是可可回来了，现在她唯一的指望就是这个儿子了。

"可可，法院那边怎么说？"黄静妮半躺在沙发上，慢慢睁开眼，看到了跟在儿子身后的吕大姐。

她赶紧起身，强打起精神，说："吕大姐，真不好意思啊，您还亲自过来。"

"你儿子很懂事，路上一直和我说他的打算。年轻人有想法、有闯劲，你应该感到幸运。"吕大姐一边拉黄静妮坐下，一边说。

可可将他和吕大姐去找刘军峰，他答应减少利息的事说了。

"啊——厂子没有了，那我们以后靠什么生活啊……"黄静妮有气无力地说。

"妈,我知道你舍不得卖厂房。我想清楚了,只要能把债务还清,厂子可以卖掉,我会让咱家东山再起。留得青山在,不怕没柴烧,你要相信我呀。"可可坐到黄静妮身边,一只手搭在她肩膀上,一只手紧紧地握住她的手。

三只小猪

（一）

　　早晨的翁埠村上空，笼罩着一层薄薄的云雾，田间地头的庄稼湿漉漉的，空气也湿漉漉的，弥漫着一股淡淡的青草香。自西而东绕村而过的溪水，汩汩流淌，终年不息。

　　村口有座窄窄的石板桥，那是入村的必经之桥。趴在桥头的大黄狗，看到远处有人过来，立刻仰起脖子，竖起耳朵，"汪、汪、汪"叫起来，继而迅速起身，四腿直立，夹着尾巴，对着越走越近的几个陌生人狂吠不止。在附近觅食的几只草鸡扑闪一下翅膀，扭着屁股急速地跑了开去。寂静的村庄也因此被惊醒，随之动了起来。

　　林法官打通了村干部的电话，很快就有两人从桥的那头过来，其中一个对他们招了招手，又对着狂吠不止的大黄狗呵斥："别叫，一边去！"大黄狗乖乖地低下头，"呜——嗯——"就没了声响，伸了伸脖子，挨个往林法官、吕大姐、黄美媚腿上嗅了嗅，又摇了摇尾巴，顾自走开了。

翁明松的家是两间二层楼的青砖房，屋檐下的两根柱子上挂着好几只塑料袋，看不清里面装的是什么。靠墙的一边，搁着七零八落的一些农具。与翁家并排而立的是几栋贴着瓷砖的四层楼房，相形之下，翁家的青砖房就像一个落单的孤独老人。

"翁明松，明松在吗？"

听到有人叫，屋里走出一个老叟，古铜色的脸，满脸沟壑，嘴角拉了一个很大的括弧，满脸愁容，稀疏的头发已经全白了，但背没有驼，腰板子看着还算硬朗。

老叟身后的屋里，八仙桌下的地上堆满了番薯，番薯上的泥土还没干，像是地里刚刚挖来的，上面盖着一些番薯藤和叶子。左边的茶几上搁着一台十六吋的电视机，液晶屏幕微微突出，有层薄薄的灰，屏幕连着笨重的机身，显得呆板老旧。右边方桌旁放着两条长凳，红漆已经剥落得所剩无几，露出了木头的原色。

老叟是翁明松的父亲，他说儿子去自留地弄点菜，马上就回来。正说着，翁明松背着一把锄头回来了，跟在身后的老婆拎了一篮青菜。

"爸，怎么啦？"见这么多人围在家门口，翁明松放下锄头，急切地问。

村干部介绍了一下林法官和吕大姐、黄美媚，说明了来意。翁明松表情木然，一时沉默不语。可是一听法官说，还需还清对方索赔的十六万元债务时，他一下子蹦了起来，眼睛瞪得滚圆，发了疯似的吼道："天理何在！天理何在！不行，我要去和他评评理！"

翁明松的脸涨得通红通红，脖子上青筋暴起，他挥了挥紧握的拳头就冲了出去。他的老婆歇斯底里地嚎啕大哭："这，让我们怎么活啊？"说完也夺门而出。

带队的那两个村干部和林法官赶紧追了出去。

翁明松一阵风似的跑着，老婆紧随其后，村干部们也一边跑一边喊："别跑，拦住他们！"

这时，过来几个村民，拉住了翁明松，并试图稳定他的情绪，让他别做出冲动的事来。可是翁明松几次奋力"突围"，从几只钳子一样的手臂中抽离出，挥舞着双臂，梗着脖子伸冤："我已经坐了两年牢房，还要我赔钱！我不服！"

"十六万？开玩笑！"夫妻俩又哭又叫，村子顿时就像炸开了的锅。村民闻声而出，围在一起指指点点。知道原委的左邻右舍也不停地摇头，七嘴八舌地说："要拿出十六万，他们家哪有那么多钱哟！"

"可不是，翁明松因为打架坐了牢刚刚出狱，怎么还要还钱？不是说坐过牢就可以不用还了吗？"

"其实翁清伟那时候就不该先动手……"

还有村民陆续闻讯围过来，看到这对激动不已的夫妇，有的为之不平，有的为之叹息，头与头挨着，咬着耳朵：如果还要赔钱，那两年监狱岂不是白蹲了吗？就是啊，这……也太那个了。

林法官忙着向村民们解释：坐牢是一回事（刑事），赔钱是一回事（民事），法律的规定就这样，不能抵消的。

"啊！？"围观的人们满脸错愕。

村干部们生拉硬拽地把翁明松拦住，他的夹克衫差点被拽下来。里面的羊毛衫也被扯拉上去，露出了小半个肚皮。翁明松瞪着发红的双眼，仍在叫嚷："谁也别拦我，顶多我豁出去，钱我拿不出，命有一条！"

突然，翁明松的老婆跑到池塘边，欲往下跳，有个村干部眼疾手快，一个箭步上前，从后面一把抱住了她。她的两只脚踢腾着，双手使劲地掰开胸前紧紧箍着的手臂，哭闹不止，大声喊道："放开我！放开我！"

一边是怒发冲冠、摩拳擦掌准备去找原告的翁明松，一边是寻死觅活的翁明松老婆，还有众人议论声，整个村子几乎乱成了一锅粥。

（二）

在村民眼里，翁明松是个老实巴交的人，也是个孝子，平日里话不多，一直与大家相安无事。

现已年过八旬的翁同方，年轻时因为婚后一直未育，四十岁那年，一个远亲就把自己的儿子过继给了他，他就是翁明松。不久，翁同方的老婆生病去世，父子俩相依为命。后来翁明松娶妻生子，一家人虽然没有大富大贵，倒也喜乐平安。

村民翁清伟有一块自留地，与翁同方的自留地相邻。两年前，两位老人因为地头上的事，发生了口角。翁清伟情绪一激动，推了一下翁同方，翁同方一个趔趄，扑倒在一堆草木灰上，吃了一鼻子灰。所幸草木灰已经烧了一天，火已熄灭，否则后果不堪设想。等他起来的时候，还没来得及拍掉身上的灰，翁清伟已经走远了。

翁明松看到老爷子回来，整个人像面胚子裹了面粉似的，一副窘相。都八十岁的人了，还受这样的窝囊气，翁清伟不就是仗着儿子在省城，欺负老实人吗？得知事情的原委，翁明松当即就找到翁清伟，要他给个说法。

感觉来者不善的翁清伟辩称："我没有打你父亲，是他自己不小心摔倒的,我只不过是轻轻碰了他一下,哪知道他这么不经碰啊。"

翁明松一听更来气了,你道个歉也就罢了,还说只不过轻轻一碰而已,他指着翁清伟说:"那我也碰你一下?"说罢,就上前推了一把翁清伟。"咕咚"一声,翁清伟一头栽倒在地,头刚好碰到门槛上,顿时鲜血直流,当即昏了过去。

后来,翁清伟经法医签定为轻伤。

这下,双方的梁子更深了。翁清伟将翁明松告上法庭,两年的牢狱之灾加上一大笔赔款,这个孝子为了替父出气,一时冲动付出了巨大的代价。

(三)

翁同方觉得儿子为了自己受了这么大的委屈,自己却无能为力,心里的酸楚自是无法言说。可是一个暮年之人,又能怎样?当吕大姐和黄美媚过来的时候,他呆呆地坐着,身子板僵硬,表情凝重。

"唉,明松虽不是亲生的儿子,但他因我出事,我也想处理好,可我八十多岁的这把老骨头,哪有这么多钱。要不只能去亲朋好友家看看,七拼八凑或许能够借到七八万。"翁同方连连叹气,"我若是手头有钱,还可以买三只小猪来,现在猪肉这么贵,养到过年,差不多有一万,这样多少也可以还一点债。可是,现在我连买猪崽的钱也没有了。"

听翁同方这么一说,吕大姐一个念头闪过,但想着还是先去和原告聊聊再作决定。

林法官、吕大姐、黄美媚来到村委会办公室。七十多岁的原告翁清伟已经等在那里,旁边坐着一个戴眼镜穿西装、约莫四十来岁的中年男子，村干部说那是翁清伟的儿子。

看到他们三个进来，父子俩都沉着脸，不冷不热地应答着。翁清伟的儿子说，因为法院通知今天要过来执行案件，他特意提前一天从杭州赶了回来。

"听说你在省城上班？"吕大姐问道。

"是的。"

"你看看，儿子在省城工作，这么有出息，是你的福分呐。"吕大姐轻声对翁清伟说，"不过，我们想和你儿子谈谈，麻烦你先回避一下，好吗？"

翁清伟苍老的脸上露出一丝欣慰，可让他回避又有点不太情愿，正迟疑间，儿子对他挥了挥手，他才起身走了出去。

"被告家的情况你知道了吧？按照法院的判决，这笔钱要想拿回来不太现实，即便让翁明松再去坐牢，也无法解决问题，你们是否考虑一下从赔款上给予适当下调？"

"这……怎么可能？我父亲被他打伤住了院，再说，我们的诉求也不过分，法院不是已经判了吗？"翁清伟的儿子激动得"唰"地站起来。

"你俩都是为父亲的事出面，尽自己的孝。其实你父亲和翁明松父亲的纠葛，是上一辈人的事，按理你们小辈应该从中参与调和而非加深矛盾，冤家宜解不宜结嘛。"吕大姐循循善诱。

"你是有文化有素养的人，目前的情况是判案和执行虽然不矛盾，可执行不了啊。与其一毛钱都拿不到，不如少一点。"吕大姐继续开导着，"再说，村民都知道，翁明松为这事已经坐了两年牢，也是一种惩罚了。宽容对方其实也是行善，你看是否有和解的可能呢？"

"想必你为父亲的事操了不少心，若不处理好，你即便回去上班也不得安心。"看到翁清伟的儿子时不时想站起来，吕大姐的手在空中压了压，示意他坐下好好商量。

"这……那十三万？不行、不行，十五万？"

"倘若真的要他们赔，相差一万两万是没有什么区别的，以他们家的情况，我看，十万也拿不出来。"

见翁清伟的儿子欲言又止，吕大姐继续说："你是明白人，让他们少赔一点，村里的人都看在眼里，权当是行善积德啊。"

"我才不管村里人怎么看，他打我父亲就应该负责！"翁清伟的儿子扭过头去，愤愤地说。

"那你想过没有，如果执行不下去怎么办？非要执行下去，他们一家就毁了，关键是你还是什么也没拿到。"吕大姐趁热打铁，"我相信，你们要这笔钱也不是初衷，都是同村人，低头不见抬头见，他们家要是有个意外，想必你也于心不安的啊……"

"那十万？"

"十万也太多了。这样吧，八万如何？如果你们觉得可以，我们和那边说去，让他们借来凑足给你。"

"八万？这不是开玩笑吗？"翁清伟的儿子拍了拍桌子。

"我都不知道八万他们到底能不能拿出来，如果拿不出，我在想要不我们给他筹一点呢。"

"这……那九万？你都这么说了，我还能说啥呢？"

"好，那就九万，若他们凑足九万，就和解，可以吗？"

"……也只能这样了。"

"还有，你父亲那边，需要你去做工作……"

走出村委会办公室后，吕大姐对黄美媚和林法官说："翁明松父亲说过，向亲朋好友借八万左右应该没问题，另外一万，要不我们从'龙山经验'人大代表联络站①设立的基金里面提取，凑足九万，让被告以无利息的方式借款，你们觉得可行吗？"大家都觉得这个主意好，前不久刚设立的"司法案件专项救助基金"②也可以发挥作用。

随后三人去了翁明松家，告知了协商结果。

"九万……就可以解决？"翁同方呆滞的脸一下子生动起来，惊得大张嘴巴，不敢相信。

"是的，考虑你们家的实际情况，大家又都是一个村的人，他的儿子表示只要出九万，这事就了结了。"林法官说。

"可是，我们顶多也只能筹到八万啊，即便这样，现在是想买猪崽都没钱了……"翁同方虽然被这个消息惊到了，但一想到还有一万的缺口，瞬间的惊喜过后又陷入无奈之中。

"之前我养过猪赚了点钱，后来儿子坐了两年牢，虽然收入少

---

① 人大代表在监督中参与司法案件调解，是永康市人大的一大创举。2019年12月3日，永康市人大常委会、永康市人民法院共同创立了"龙山经验"人大代表工作室。2020年5月，"工作室"升级为"联络站"。

② 2019年11月，金华市人大代表吕月眉和全国人大代表黄美媚在参与永康法院"监督法院去执行"活动中发现，有些执行案件常因被执行人确无财产可供执行可搁置，申请执行人则因执行款项长期无法执结到位，造成生活困难，两位代表遂向永康市人大常委会、市法院提出，希望尽一份代表的职责，帮助化解此类矛盾。但要化解此类"执行不能"案件需要有更多社会力量才能"撬动"，有着多年人民陪审员经验的吕月眉萌生了建立专项基金的念头。鉴于前期参与执行的案件主要集中于交通肇事方面，黄美媚主动提出，其所在的道明光学有限公司作为国内反光材料的龙头，在与交通安全相关的领域，理应尽一份企业的社会责任，公司负责人也表示支持，并当即拿出一百万元作为司法案件的专项救助资金。不久，农商银行也拿出三百万元给予支持，于是就有了该专项基金。

了，但欠人家的钱总是要还的……能不能再谈谈，要不八万？"翁同方的眼神里充满期待，"我八十多岁了，以自己的能力，养猪虽然辛苦点，但至少也可以还上一部分钱……"

"猪崽现在多少一只？"吕大姐问。

"现在猪肉贵，猪崽也贵起来了，差不多两千一只吧。"

"大伯，那我们出钱给你买猪崽，如何？"吕大姐和黄美媚几乎异口同声地说。

"这……这怎么行呢？你们和我非亲非故，怎么可以？"

"没事，我们出钱帮你买三只猪崽，等它们长大了卖个好价钱可以还债，另外那一万，我们无利息借你，等你把亲朋好友的钱还了再还也不迟。"

翁同方的嘴瘪了瘪，眼角抖了抖，终于没忍住"哇——"哭出了声。"我今天遇到贵人了，等我把猪养大了，一定要给你们好心人带一些猪肉去！"

"别这样，你们如果觉得案子这样处理没有意见，那我们就放心了。改天你们去买三只小猪来，希望能够养得白白胖胖的卖个好价钱。"吕大姐说。

"没意见！我好话不会说，猪一定好好养！"翁明松父子俩紧绷的脸终于放松了下来，露出了久违的笑容。翁同方拉起衣角，不停地擦拭着眼角的泪。

三人走出村子时，已经是正午十二点了。"喔——喔——"在村口，一只公鸡扑棱棱地扇动着翅膀，仰着脖子唱得正欢。

我的大学学费

（一）

黄飞腾拉着行李箱，穿过斑马线，沿着人行道走走停停，睁大好奇的双眼四处张望。

道路两边，茂盛的榕树冠遮住了灼热的阳光。树枝上垂下稀稀疏疏的根须，挂在半空中随风微微摆动，有的一直垂到地上，又深深地扎进了地里。细细密密的阳光从树叶的缝隙间漏下来，织成一道阳光网，路上的汽车、行人影影绰绰，犹如在阳光网帘中移动。

第一次出远门的他，也是第一次看到这么多根须飘在空中的树，想起小时候看到孙悟空在水帘洞里时，大抵就是这样的感觉，只不过水帘是透明的。

跟在黄飞腾身后的胡忠实，是他的姑父。他一边撩起衣襟，擦着额头上不停冒出来的汗，一边对黄飞腾说，前面那么多学生模样的人，还有很多家长陪着，应该快到学校了吧。

胡忠实记得他们出地铁口时，问过那里的工作人员，温州安防职业技术学校在哪里，说是出了地铁口，一直往前，过一个红绿灯，到第二个路口时不过红绿灯，往右走几百米就到了。

很快，他们来到了学校门前。黄飞腾有些激动，和他一样激动的还有胡忠实，他抬起手腕擦了擦眼角和额头的汗珠，脸上透着抑制不住的兴奋。

（二）

接到大学录取通知书时，黄飞腾既兴奋又担忧。兴奋的是，他是人们眼里的"傻子"——黄东风的儿子，他当时甚至想通过墙上挂着的高音喇叭，向村里人宣告：黄东风的儿子考上大学了！担忧的是，父亲还有七万元赔偿款要还，这对他们家来说，无异于飞机上放鞭炮——空想（响）。还有就是他要上大学，学费从哪里来？他不想错过这个来之不易的上学机会，便想着去找一直待他不错的姑姑和姑父商量。

姑父说，两个月前，在法院调解室，人大代表吕大姐曾说，像黄东风家这种情况，可以向慈善总会提出困难户补助申请；如果儿子考上大学，可以申请大学生救助。可怎么办理黄忠实当时也没问，现在事情已到跟前，他只好拨通了李法官的电话。

李法官来到调解室，告诉吕大姐，刚才胡忠实给他来电，黄东风的儿子考上大学了，他说之前听你说过，他们可以向慈善总会申请一笔大学生救助款，问该怎么申请。

"哪个黄东风？"吕大姐一时没想起来。

"就是两个月前咱们调解的，一家五口，好几个残疾的，他儿子在高考的那个黄东风。"

“哦……我想起来了。”

（三）

　　那天在调解室，吕大姐刚刚坐下，门开了，进来一个五十来岁的短发女。接着进来一个男的，年龄与短发女相仿，个子高大。最后进来一个中年男子，带着歪歪的鸭舌帽，背有点佝偻，在高个子男的身边更显得矮了一截，古铜色的脸上挂着微微的笑。三个人站在门口有点像“山”字型笔架。

　　“山”字型“笔架”落座后，短发女往前挪了挪，把头转向鸭舌帽男，目光试图捕捉他的脸，随即又轻轻叫了一声“东风”，原本面向吕大姐的鸭舌帽往转了过来，脸上依旧是微微的笑。“喏，我是他的姐姐。”短发女指了指鸭舌帽说，目光又移到高大男上，“他是我的丈夫胡忠实。”短发女、高大男向吕大姐、李法官挨个儿点了点头。

　　“咚、咚、咚”门又响了。

　　“进来！”

　　“是这里吗？”一个扎着马尾辫的脑袋探了进来，左右打量着屋里的人。马尾辫的身后跟着一个瘦弱的中年妇女。

　　“是的，你们进来吧。”李法官说，“这位吕大姐是金华市人大代表，也是我们永康的慈善大姐。你们坐下谈吧。”

　　进来的这对母女，母亲叫王花，个子瘦弱矮小，头发花白，女儿丽景穿着件蓝 T 恤，二十多岁的样子。两人拉出凳子，在法官面前坐下。

（四）

王花与黄东风之间的纠葛，源于两年前的一次车祸。

那是一个夏日的上午，知了在树上"知了——知了——"叫个不停，太阳火辣辣的，照在水泥地上很是晃眼，没有风，天气有些闷热。

王花从邻村的老中医诊所开了几帖中药出来，赶紧戴上草帽，六月的太阳下着实太热了。从邻村回到村里，必须经过隧道。这条隧道不长，是近两年凿出来的，这样村里人进出就不用再翻山越岭了。

进到隧道时，王花周身顿感一阵凉爽，但从明亮处进来，光线骤然暗下来，眼睛一时不适应，视物不清晰，她只得小心翼翼地靠边慢慢走，来来往往的车疾驰而过，不时刮起一阵阵小旋风。

猛然，王花的后背受到了强力撞击，随着一声刺耳的"哐当"声，她被撞出几米远后重重地倒在地上，手上拎着的药包也散了一地。

"哎呦……哎呦……"王花痛苦地惨叫着。驾车的黄东风也人仰马翻，所幸伤得不重。他慢慢地抽出被小电驴压着的一条腿，缓缓坐起，拍了拍身上的尘土。小电驴被撞得七零八落，头盔滚得老远，就像一颗头颅掉在地上。他又摸了摸脑袋，傻傻地愣在那儿。

被撞倒在地上的王花吓得不轻，看车主没有反应，急得直吼："喂、喂，是你把我撞伤了！哎呦、哎呦……"这时，黄东风这才回过神来，慢吞吞地移到她旁边，嘴唇蠕动了半晌："你……没事吧？"

"怎么没事！你赶紧送我去医院，我起不来了！"

黄东风在口袋里摸索了一阵子，掏出手机："姐，我把人撞伤了，你过来呀……"

"什么？撞人了？人没事吗？你在哪里？"

"我……我也不知道在哪里，这里黑咕隆咚的。"

"你不知道在哪儿，我怎么过来？"

"这是哪里啊……"黄东风在原地转了一圈。

躺在地上的王花，止住呻吟，说："把手机给我。"黄东风蹲下去把手机递给了王花。

王花送医院后，被诊断为腰椎骨折，住院花了八千多，医疗鉴定为十级伤残。

起初王花希望黄东风尽到"肇事者"的义务，可是黄东风一直毫无动静。不管怎样，撞人致伤，赔钱是天经地义的事，于是王花一张状纸递到法院，黄东风被司法拘留，但依然没有赔偿之意，王花只得继续上诉。

（五）

吕大姐和法官坐了差不多半小时车程，来到柏岩乡寨口村。

吕大姐记得，四十年前自己曾来过这里，那时从城区坐车需要一个多小时。村庄四周都是山，只有一条弯弯曲曲的小溪在村前流过，就像把山劈了开来，一分为二，公路与溪流平行延伸到山坡上。

在村庄入口处，有一棵几个大人才能合抱的古樟树，传说这是村里的风水树。村庄不大，有五百来户人家。

他们下车，向坐在樟树下乘凉的人打听黄东风家，老妪手往前一指：喏，这条小路往左过去，看到最低的那间青砖墙就是了。

在几栋四层楼的民宅前，低矮的青砖墙屋显得委顿、落寞。屋子有两间，前面有个小院落，门口坐着一个头发花白的老妪，两个眼窝处薄薄的眼皮是关闭的。听说有人找黄东风，她仰着头，眼皮子不停地颤动，但她根本看不清来人是谁，对她来说，白天和黑夜都是一样的。她双手平伸到面前，窸窸窣窣地摸索着一阵子，嘴角的皱纹把唇挤到了一起："风——东风——有人找你！"

见到有陌生人进来，院落里的几只鸡鸭四处疾走。墙边，一只坑坑洼洼、锈迹斑斑的搪瓷脸盆里，种着几株粉色的凤仙花。

"来了——"黄东风瘸着腿一高一低地走出来。与黄东风一起出来的还有一位老叟，头顶几乎没有了毛发，一双浑浊的眼睛下方——应该是脸正中，像被石头砸出了一个大窟窿，黑乎乎的。跟在他们身后还有一个女人，脸上挂着傻傻地笑，仰头问来人："你们找谁呀？"黄东风朝她使了个眼色："一边去。"她就再也没有吱声。

这就是黄东风一家，五口人，三个半残疾人。如果说黄东风算是残疾的话，只能算半个；如果说他不是残疾，也只能算半个。黄东风的老婆是弱智的，黄东风的父亲小时候得了麻风病烂掉了鼻子，只剩一个大窟窿了，黄东风本人走路有点瘸，脑子也有点……

黄东风的姐姐在法院时，和吕大姐说起她弟弟家的境况，连声叹气说："黄东风的儿子，是这个家唯一的希望。"

（六）

黄东风呆滞的脸上，嘴角微微上翘，看似带着淡淡的笑，实则是厚厚的嘴唇包不住往外凸起的上门牙之故。他听法官、听他姐姐和姐夫、听吕大姐他们在谈他家的事，有时候会肆无忌惮地打了个哈欠，粉红色的牙龈就露了出来。

黄东风的姐姐看了看弟弟，又看了看胡忠实，说希望单独和吕大姐出去聊一下。

姐姐说，就这么一个弟弟，本来智商不高，小时候脚又被钢筋戳伤，家里没钱看病，便耽误了，所以他那只脚常年溃烂，很难找到工作，也干不了重活，所以家里的收入少得可怜。但是，一家五口的开支、孩子读书的费用及生活上的照顾，都压在黄东风一个人身上，所以弟弟不是不想赔钱，而是实在拿不出钱……娘家有这样的累赘，她在婆家也常觉得抬不起头来。她老公还算通情达理，之前曾帮过多次，可也不能让婆家来填这个无底洞啊，就是她的外甥太可怜了，不知该怎么办……姐姐压低了声音诉说着，眼泪唰唰地流个不停。

"我懂、我懂，我理解你的心情。"吕大姐细声细语地安慰她。

回到调解室，吕大姐问："黄东风儿子多大了？"

"十八岁，还有两个月就要高考了。"

"黄东风的孩子还小，如果这个案子不了结，恐怕将来对他的生活也会产生影响，他家这样的情况，只有你们多多帮忙了。"吕大姐说。

"我不是不帮小舅子，可是他真的是人穷志短，当然我们也没法要求他更多。"胡忠实说："去年腊月，交给法院的两千元钱也是我出的。现在是无论赔偿多少，到头来还是我们拿。今年外甥若考上大学，开支还指望我……"

胡忠实一口气倒出了他的苦衷，希望通过调解，赔偿费能够降低点，还有可不可以分期付款，一年还几万。这样，一来给黄东风一点压力，免得他好吃懒做，二来也减轻一点他们的压力……

黄东风的姐姐转过头来，感激地看了一眼胡忠实，胡忠实则回头看了一眼黄东风，黄东风脸上依旧是挂着东风似的表情，一会儿又拉了拉鸭舌帽，好像这事无关他痛痒。

"像他们家这种情况，据我了解，可以帮他向慈善总会申请困难户补助。他儿子如果考上大学也可以申请大学生救助，到时候你们帮他去办理就是。"吕大姐说。

"这……如果能这样，真是太好了！"胡忠实脸上露出一丝欣慰。

（七）

王花说，他们一家三口，老公在外打工，一年到头也赚不了多少。女儿大学毕业有几年了，刚刚成家。自己身体不好，患有类风湿关节炎，平时不发作的时候，还可以做点零活赚点小钱，可两年前被撞伤之后，身体是雪上加霜……王花用左手戳了戳右手，伸出老树根般的手，"你们看看，我这手水都不敢碰，一碰就疼。以后我怎么生活啊？"

"你现在做什么工作？"吕大姐扭头问丽景。

"还没有找过，因为妈的身体不好，现在我就在家侍候她。"

"我家里条件不好，就靠老公在外赚点钱，现在全靠女儿照顾我。"王花接着说。

"现在你能自理了吧。"

"还行，但经常腰酸背痛什么的，做家务会受一些影响。"

"如果这样，何不让你女儿出去找工作呢？她年纪轻轻的，得有份工作才行啊。"

"说的倒是，可找工作哪有这么容易哦。"

吕大姐想了想，掏出手机，说了丽景的情况，问道明光学有限公司是否需要招人。电话那头说，要不哪天让她过来面试一下。

"你们抽时间去道明光学有限公司找黄美媚，她是全国人大代表，我刚才给她打了电话，她或许能在你的工作上帮点忙。年轻人不能老待在家，应该走向社会，生活才有希望，你们说是不是？"

"是的、是的。"母女俩连连点头。

吕大姐继续说，被告家这样的境况，虽然法院判决下来了，但18万根本无法执行，所以是否考虑一下降低赔偿？

王花若有所思，想起去年黄东风被执法人员带走拘留了十五天，出来之后仍是一副无所谓的样子。吕大姐说的句句是实话，王花叹了口气说："哎，我也知道。给十万呢？"

"估计困难的。"吕大姐摇了摇头。

"……七万？"

就此，这个一年前判决、因无法执行而搁置的案子，终于在2020年5月通过调解达成了执行和解协议。

（八）

"你们没去慈善总会申请吗？"吕大姐在电话中问胡忠实。

胡忠实道出了原委。那天听吕大姐说了可以申请困难补助的事后，他回家与大家商量了一下，决定把申请困难户补助的事先搁一下，等黄飞腾高考成绩出来，大学是否录取再说，因为他们担心，万一申请了困难户补助，大学生救助这边就没法申请了。如果这样，他们宁肯放弃困难户补助，也要给黄飞腾申请大学的救助机会，因为这孩子是他家唯一的希望了。

"大学生救助和困难户补助是两码事啊，两个项目都可以申请的。"人如其名，吕大姐被他们淳朴的想法弄得有些哭笑不得。

当即，吕大姐便给慈善总会打了电话，却被告知大学生救助这块工作已经结束。她说明情况后，慈善总会答应给黄飞腾特事特办，资助他大学期间的全部学费，同时又给他办理了困难户补助款，至此，终于解了黄东风一家的燃眉之急。

"你是新生吧，这边请！"校门口几个胸前挂着工作牌的学生，迎向拖着行李箱的黄腾飞，也拉回了胡忠实的思绪。他们跟随那几个学生，走进了朝气蓬勃的大学校园。

三根蒜苗

（一）

　　"嘀嘟——嘀嘟——"一路鸣叫的救护车，很快就来到了育苗小区，在路边停靠下来，车背上的警示灯蓝光不停闪烁。

　　出事地点在城郊的一块菜地上。一群人围在那，菜地一片狼藉，原本松软的菜地被踩出无数个脚印，好多青菜和大蒜苗不是东倒西歪就是被踩烂了；一袋青菜掉在地上，大半散了出来；一把锄头横躺在地垄上……

　　老王躺在菜地里，捂着屁股"哎哟哎哟"不停地呻吟，原本松软的菜地陷进去一大块。老徐则坐在一块大石头上，右手扶着无法动弹的左手，左手腕耷拉着，手背上的血迹如一条条蚯蚓，血顺着指尖滴下来。此刻的老徐沉着脸，蹙着眉，一副余怒未消的样子。

　　围观的有些是熟人，有些是同住在这个小区的邻居，当然还有他们的夫人。大家正七嘴八舌地劝说着，"……都退一步……有事好商量……""……这都是小事……何必过不去……身体要紧……"

突然有人喊道："车来了！"

不一会儿，穿着白大褂的医生和司机抬着担架朝这边小跑过来，围着的人群自动散开，留出一道缺口。有几个年轻人主动过去接过担架。

躺在地上的老王已经七十六岁了，左手受伤的老徐也已经七十八岁。

医生察看了一下老王，又过去看了老徐，说"先抬不会走的"，大家就七手八脚地过来，老王呲牙咧嘴的"唉哟、唉哟"被人抬到担架上，很快抬到救护车里，老王的夫人也尾随而上。医生让老徐上车时，他愣着坐在石头上，把头扭过一边不肯去，老徐夫人沉着脸直摇头。

看老徐夫妇支支吾吾不愿上车，司机火了，说如果不一起走的话，出车的费用要加倍，而且时间要耽搁，来来回回至少要一个小时。这时，人群中有人劝道，还是一起去吧，抓紧去医院，可别耽误了……

窝着一肚子火的老徐夫妇，不得不一起钻进了救护车。

到了医院。两人一起挂了急诊，又一起在外科急诊室由同一个医生检查，然后都住进了骨科病区。

到骨科病区，他们才知道两个床位居然在同一个房间。为这，老王、老徐连同他们的家属都坚决不同意。好在医护人员体恤病人的心情，就说要不先照顾不能走路的，可以自己走的就住走廊加铺。

（二）

老徐和老王住在育苗小区同一栋房子同一层，只是不同单元。

他俩在附近空地上各自弄出一块地来种点时令蔬菜，为充实他们的晚年生活开辟了一片新的"领地"。

那是一个周六的下午，老王在菜地浇了水，摘了点青菜，看着眼前长势喜人的蔬菜，脸上是满满的成就感。老王把摘来的青菜装进塑料袋，准备打道回府。正在弯腰锄地的老徐，看到老王走过来，直起身，一手撑着锄头柄，一手指着菜地里多出的三个坑，冲着老王大声叫道："喂，这儿的蒜苗少了三根，是你拔的吗？"

老王一听老徐的大嗓门，立马沉下脸回敬道："我干嘛要拔你的三根蒜苗？"

老徐耳背，没有听清老王的话，但从表情里看出，他似乎很恼火，且不承认。

老徐继续喊："我老婆说，你夫人昨天对你喊话，家里烧鱼，让你去弄点大蒜苗。这么巧，我这菜地多了三个坑，少了三根大蒜苗，不是你偷的还有谁？"

从"拔"到"偷"，这个"锅"盖得越来越大了。老王气不打一处来，一跺脚，指着老徐的鼻子狠狠地骂了起来："谁稀罕你家蒜苗了？甭说蒜苗了，就是金子，我也不稀罕！"

两人你一言我一语地怒怼着，火气蹭蹭地往上蹿。你指着我的头，我指着你的脸，老徐扔掉锄头，老王甩掉那袋青菜，狠话扔过来，甩过去，似乎还不解恨，俩人就扭打到了一起。老王甩开老徐拽在他衣服上的手，转身抓起地上的小锄头，使劲往老徐身上抡过来。老徐左躲右闪，眼见小锄头从头上落下来，为了脑袋瓜免于遭受危险，他本能地抬起手来抵挡。"哎呀！"老徐一声惨叫，撩起袖子往上一拉，薄薄的衣袖又不是铜墙铁壁，左手臂随即被锄出一大块皮肉，鲜血直流。他疼得哇哇大叫，右手紧紧地压住伤口。

老王一看吓坏了，扔下锄头想跑开。老徐虽然腾不出手来，但整个身子像发疯的牛，低着头朝老王猛冲过来，老王避之不及，被老徐突然伸出的右脚勾住了。"哎呦！"老王一声尖叫，被绊倒在地后再也动弹不了。

路过的人见状，纷纷跑过来，有劝架的，有围观的，还有人打了110。于是出现了开头那一幕。

（三）

让老王怎么也没想到的是，自己是被抬着入院的。几个月之后，法医鉴定的结果，居然是老徐伤得比他还严重。

老王是右耻骨下支骨折，轻伤二级，虽然已经出院多时，可右下肢走路没有之前滑顺了。老徐是左侧尺骨中段粉碎性骨折，多处软组织挫伤，鉴定为轻伤一级（在伤残鉴定中，轻伤一级比轻伤二级重）。如此一来，除了彼此的医药费扯平之外，老王还得赔钱给老徐。

为此，老王怀疑医护人员乱诊断，或者是老徐买通了法医。对于这样的结果，反正老王坚决不同意，还放话"要告你去告好了，我也可以告你"。

老王放下教鞭后，在自己所居住的教师集资楼附近空地上种起了菜，自诩上得了讲台、下得了田间，拿得起教鞭、也拿得动锄头。一晃退休快二十年了，这块菜地也被他经营得有模有样、肥力十足，春天的青菜、夏天的番茄、秋天的毛芋、冬天的包心菜，餐桌上一年四季的蔬菜都自给有余，还可以不时地送些给亲朋好友。每次听说蔬菜价格上涨了，老王就喜上眉梢。每次有客人过来，老王夫人都要指着餐桌上的蔬菜，说上一句："自己种的，不用农药的放心菜，环保！"这个时候，客人自是会给主人一个大大的褒奖，老王满脸的笑就像一朵花般盛开。那时，他感到很满足，退休了仍然可以发挥余热，为家人和朋友源源不断地提供新鲜蔬菜。

可是，成也菜地败也菜地。事发之后，老王夫人常常抱怨，你看你，晚节不保，都大半截身子埋了土的人，还惹上官司。她已然忘了那片菜地长出来的蔬菜，曾经带给他们的荣耀和快乐……

老徐的情况也大抵相同。

（四）

那天，老王戴着黑色呢帽，帽沿压得有点低，满头银丝的老伴跟在他身后。两人来到法院二楼的走廊处，张望了一阵子，在205号门前停下，又后退了一步，仰着头看了看，抬起手敲了敲门再轻轻推开，往里探头看见林法官和吕大姐在里面，这才开大了门走进去。

老王和夫人在林法官旁边刚刚坐下，不一会儿，老徐夫妇也进来了。老徐穿着一件羽绒服，佝偻着身，跟在身后的夫人穿着一件花棉袄，脸上布满皱纹，花白的短发有些凌乱。

老徐夫妻俩在老王夫妇对面坐下。隔着桌子，老王瞟了一眼老徐，随即把头扭过一边，放到桌上的那两只手，一会又收回来搁到大腿间，紧紧地握在一起。

调解开始后，林法官说一句，老徐的夫人就凑到他耳边大声重复一次。林法官说，如果按照实情判决，两个人都够到定罪。

如果要调解，必须双方互相作出让步，今天请人大代表过来调解你们的案件，问他们是否同意。老徐憨憨地笑着，不住地点头，表示来这里听你们的。

得到双方肯定的回复后，法官接着说，你们为了教育事业辛辛苦苦工作了大半辈子，如果案判下来，一是有损教师为人师表的形象，二是退休工资将会被"抹"了。

老徐的夫人愣了一下，在老徐耳根大声传话。老徐也愣了一下，继而使劲点头，还站起来欠了欠身，说是会配合的。

老王也直了一下身，表态他信得过人大代表，怎么判他都接受。

吕大姐笑了笑，说她可不是来判案的，人大代表没有审权判，她只是过来调解，给大家提供建议，是否采纳要看他们自己。

"对、对，是过来调解的。"老王为自己刚才说错话感到有些不好意思，脱下帽子，挠了挠头，又戴上。"你们和我们非亲非故，工作很忙，还专门抽出时间来调解，我非常感激。昨天你们让我过来，我没有来，是因为之前核酸检测报告没出，这边又进不来，所以就耽搁了，真是对不起了！"老王说完又起来欠了欠身子。

老徐夫妇也表态，吕大姐说得对，不是判决，而是调解，希望能调解好。

"你们过来一下，咱们去那边聊聊。"吕大姐对老王说。

老王夫人伸手准备去扶他，却被老王轻轻甩开。他撑住桌面，缓缓地站起，跟着吕大姐来到隔壁调解室。

"王老师今年多大了？"

"七十有六，过了年就是七十七了。"

"这样的年龄还能下地种菜，身体不错啊。"

老王说种点菜时间过得快一点。但自从那事之后，现在菜地也闲着，一年没人管都长草喽。

"你是人民教师，彼此都是为了一点鸡毛蒜皮的事情，互相让一下就可以解决的，相信你不会为了这三根蒜苗搞得那时候退休金都受影响。"

老王夫妇一听到三根蒜苗，就连连喊冤。老王夫人更是愤愤不平，一下子提高了嗓门："咱家老王真是亏大了，做了大半辈子的清白人，被说成小偷，还要赔钱，这气谁受得了！？"

吕大姐让他们先冷静一下，眼下要协商的是该怎么处理，让王老师自己讲讲，愿意出多少给对方。

老王说："他要我赔那么多，我不甘心！"

老王夫人抹了抹发红的眼睛说，被他们说是小偷，这名誉损失也要赔，而且他的右腿，到现在走路都不顺……按理是一分也不赔。

吕大姐说，一大把年纪的人了摊上这事，更何况是个受人尊敬的老师，是不是想想都没面子？刚才林法官也说了，若调解不成，将两败俱伤，他俩的退休工资也没了，利弊是否需要好好权衡一下？

老王低下头使劲摇头："理是这个理，可我咽不下这口气！是他先动手打我，我才拿起锄头的。"

吕大姐说，法院是根据伤势判定，老徐的伤势比他重，而且老徐接下去还要做第二次手术——拆钢板，虽然彼此都是被告和原告，但还得老王先让步，如果他没有赔偿准备，调解就没有意义了。

"那就是说谁受伤重谁就得便宜了？"老王继续摇头，"那我的伤和他换一换好了。"不知道这是不是老王的真心话，反正在没有对簿公堂之前，老徐找上门时老王也是这么说的。

"这是哪里话，他的伤势比你严重是事实，在这种事上，没有谁吃亏不吃亏之说。我想你有很多憋屈，可是人这一辈子，难道有谁不受委屈，不被误解过的？只是大家需要谅解，都已经是退休的人了，这事让法院来判，社会影响也不好，而且你照样也得出钱，只要这案子执行下来就可以把你的退休工资直接划给他。再说，如果判刑还要影响你的退休金，岂不是更吃亏？"吕大姐说。

老王顿时委顿下去，半天不出声。许久，他抬起头叹了口气："我顶多赔他第二次手术的那笔费用。再说，他说我是小偷，精神损失费还没有和他算呢。"

（五）

"徐老师的身体看着很结实啊。"吕大姐在老徐对面坐下时，给他竖起大拇指。

老徐摆了摆手说："不中用啦，再过两年就八十啦。"他又指了指自己的耳朵，说这个不太好使。老徐夫人指了指老徐，轻轻地说，他很固执的，让他戴助听器就不愿意，说是太难受了，这不，我就好像是他的助听器。老徐坐在那傻傻地笑了笑。

"人的后半辈子应该过得舒心才是，如果调解不成，双方都落得个'晚节不保'，关键还影响你俩的退休金。"吕大姐说，"老王都愿意让步了，你也得让一步，互相都退一步才好解决啊。"

老徐夫人凑到他耳根转述了吕大姐的建议。老徐突然站起来，做了一个立正的姿势，毕恭毕敬地大声表态："我一定配合，这次你们说了算！"老徐夫人用胳膊肘碰碰他，嘴巴附在他耳边，用手兜住，要把声音灌进去："第一次手术的费用，都还咱自己垫着，接下去还要开刀的钱总得要吧。"声音灌了进去之后，老徐连连点头。

吕大姐问他们希望得到的赔偿最低是多少。

"老王的医药费我出，老徐的医药费他出，但是我家老徐二次手术拆钢板至少一两万吧，你说是不是？"老徐夫人说完，又靠近老徐耳边把这个意思灌进去。

"是的，要不你吕大姐帮我看看给多少，我都听，你们是为了我们好。"老徐频频点头。

吕大姐和林法官根据老徐夫妇提的那个金额来做老王的工作，她对老王夫妻俩说，咱们将心比心，这事憋在心里，大家都不爽，况且马上就要过年了，学生过来拜访，他们要是知道，多没有面子啊……

双方签下调解协议书的时候，老王夫人悄悄和吕大姐说，明天他们的孙子要订婚了，这事解决了，就没有什么后顾之忧了。

老王也笑了笑说："是的，我们可以安心了，等过了年，我还想把菜地好好整一整，否则都长草了。我虽然现在腿脚不太方便，其实力气还是有的，我要种点蔬菜，自己种的吃得放心！"

逃逸后的救赎

（一）

2015 年秋，霜降过后，早上的太阳比之前起得晚了很多。

五点还没到，舒起彪就被闹钟叫醒了。窗外天色还没亮，他挣扎着几次想起来，身子却像被黏了胶水似的。

前一天晚上，他加班加到十一点多，又把货装到后备箱后才睡下，早上实在太困了，但一想起答应客户六点前要把货送到市区，就一个鲤鱼打挺起来了。他急匆匆洗了把脸，抓起手机，没来得及吃早餐就出门了。

车子摇摇晃晃地开出村子里坑坑洼洼的小路，很快就来到了国道上。他不住地打呵欠，于是打开车窗，吸了一口冷气。此刻，下里溪去永康城区的路上还少有车辆，路况极好。起彪开着那辆破旧的柳州五菱，不由得加快了速度。

突然，前面一团黑影闪过，还没等他回过神来，只听"砰"的一声巨响，"嘎——"起彪本能地猛踩急刹车，手中的方向盘抖了抖，后车身几乎蹦了起来。

他赶紧停车，下车一看，一辆三轮摩托被撞倒了，车主和车后的那个人一起倒在一片血泊中……

起彪一时慌了神，来不及去细看被撞的人到底怎么样，哆嗦着拿起手机，指头不听使唤，摁了好久，才拨通好友舒俊的电话。可手机里传来"对不起，对方已关机，请您稍后再拨"。

起彪一想，舒俊家就在附近，要不去把他叫过来帮忙。舒俊是他的发小，起彪遇到自己决定不了的事，都会去找他商量。现在出了这事，自己已经完全没了主意，得叫他一起过来……

他一路狂奔，路边的围栏迅速后退，各种念头在脑海里闪过：他被一群人围着大骂，被受害者家属朋友围攻……也不知道躺在地上的那两个人是死还是活，如果死了，他会不会被抓去坐牢；如果活的，他们爬起来会不会打他……到底是在梦中还是现实中，他咬舌头、揪大腿、敲脑壳，好像都很痛，应该不是做梦。

从小到大，起彪从来没有和人打架过，唯一一次是……

20世纪80年代末，刚刚学会骑自行车的舒俊就载着起彪去城里玩。两人摇摇晃晃地出了村子，公路两边是稻田，行人不少，各自都忙着去城里赶汇市。舒俊拨动车铃"滴零零、滴零零"作响，他小心翼翼地放慢了速度，坐在车后的起彪紧紧抓牢后座的垫子，一会儿又搂住舒俊的腰。下坡时，风在耳边呼呼作响，行人、稻田不断地后退。这时，前面挑着箩筐的路人换了个肩膀，将扁担横了过来，舒俊来不及避让，车头一歪，身子一扭，"砰——"撞到了路边行走的人。他们连人带车翻倒后滚到了稻田里，等上来的时候，几个人都裹了一层泥浆。起彪摸了摸膝盖，拉上衣袖一看手臂上的皮肤擦破了，活生生划了好几道口子，抖动手脚活动了一下，还好无大碍。只是被撞的那人，他满脸怒容也爬上了岸，还没等起彪他们回过神来，后背就挨了一拳，舒俊过来帮忙，也被打了一拳。原来被撞倒的还有一伙的，顿时舒俊和起彪被他们几个人围攻了，直喊求饶，直到几个路见不平的行人过来拉住他们，说这两个还是孩子，放他们一码，那些人才散手。

被路人拉开之后，被舒俊撞倒的人拉了拉挂在胸前的领带，领带上的泥浆抖落在地，他指着满身淤泥的西装，嘴里骂骂咧咧地说，这一身西装就被这两个小子毁了，让他怎么去相亲！……

"嘭、嘭、嘭"，惊魂未定的起彪敲响了舒俊的家门。

谁啊？还在睡梦中的舒俊，被急促的敲门声惊醒。他起身开门，看到门口站着脸色苍白的起彪，正大口大口地直喘粗气。

"快，快，我、我、我出车祸了，把人撞了，我怕被打！所以逃到你家，你能不能帮我去看看现场……"

这场突如其来的车祸，车主吴新福当场死亡，妻子姚云芬双下肢被碾压，致双膝关节以下截肢，构成三级伤残。起彪因逃离现场，被判处有期徒刑两年半，且承担赔偿责任。他虽然交过车辆保险而且还在保险期内，但保险公司因为投保者逃离现场而拒绝理赔。

对起彪来说，这笔巨额赔款，无疑是雪上加霜！一年前他在郑州与朋友合作做生意，结果亏了几百万，那些债都还没来得及还，新债又来了，且等着他的还有牢狱之灾……

2017 年，起彪出狱了，但他一点也没有如释重负之感。进监狱，对当时的他来说，更多的是一种救赎和解脱。服刑期间，他虔诚忏悔，希望求得神灵的宽恕，希望未曾谋面的车主的灵魂能原谅他的无知——肇事"逃逸"。他卖力地干活，从来不拒绝任何交给他的任务，即便是额外的劳动。他甚至想一辈子就在监狱赎罪算了，因为出狱后他将面对两大难题：一是那笔巨债怎么还？二是患病的女儿怎么办？这就像两座大山压在他心头，一想起就让他几乎无法喘气。

可是，现实的问题就在那里，并不会因为你不想面对就可以逃避得了的，就像那场车祸，他以为自己一走了之，让朋友去帮他处理就可以了，而事实并非如此。好在舒俊这个多年的挚友，一直在鼓励他、帮助他，女儿的一部分医药费也是他垫付的。所以，为了妻儿，为了朋友的这份真情，他也必须勇敢地去面对！

出狱后的起彪，与妻子一起，每天早出晚归，在厂里拼命干活，有时东拼西凑借钱，用以支付女儿的大额药费以及给姚云芬的赔款，可几年下来，才还了三四万，与总额还差十万八千里。

（二）

起彪和舒俊走进人大代表联络站的时候，看到了坐在轮椅上的姚云芬。她的那对半截大腿，被裤脚结结实实地扎起，如一对舂米的杵。姚云芬看到他，没有任何表情，只是偶尔咳嗽几声。起彪低下头，缓缓坐下，一直不敢正视对面的姚云芬。

施法官说，这个案件已经执行不了，所以今天请人大代表来调解，看看能否得到双方的谅解。

姚云芬身旁坐着她的舅舅，今天也是舅舅推她过来的。法院的很多人都认识他们，因为舅舅和她隔三差五过来，请求施法官帮忙催讨赔偿款。施法官心有余而力不足，说肇事者都进监狱了，冤有头债有主，叫他们去哪儿催讨呢？再说，起彪家也是实在拿不出钱来啊。

姚云芬的舅舅也很无奈，外甥女的事本不该他来管，可是外甥女婿吴新福在那场车祸中去世，姚云芬双下肢高位截肢，生活自理都很困难，她的女儿还是个小学生，家里没有人可以照顾她，他这个舅舅也无法袖手旁观。再说了，他一直都是这个外甥女的保护神。

姚云芬是家中的独生女，十几岁时父母就去世了。母亲临走前托孤给自己的哥哥，让他照顾好姚云芬。因为她有先天智障，但生活基本能自理。姚云芬长大后，为了她的婚事，既当爹又当妈的舅舅也没有少操心，好不容易把她嫁出去了，却领不到结婚证，户口也无法迁过去，只能以事实婚姻的方式和吴新福一起生活，夫家村里发放的福利和分红，她也不能享受……因为这次车祸又自动"退"了回来，谁让她的户口现在还在娘家呢？

吕大姐看了看原告和被告，说："我们有话在先，今天双方都要有退一步的打算，否则没办法谈的，大家是不是愿意接受？"舒起彪和姚云芬的舅舅都表示愿意。

（三）

吕大姐看起彪低着头，不停地搓着双手，让他自己先说说看，能够出多少。

起彪老半天挤出一句话："我对不起她，但会尽力的，每年我只能还一部分，家里实在是……"说到这，他哽咽了，一手捂着脑门，支撑着脑袋，就再也说不出话来。

"是这样，他家确实……"舒骏欲言又止，他看了一眼起彪，指着自己的胸口，说起彪的女儿十三岁了，心脏不好，一直在服药。

这药很贵，每年需要很大的一笔开支，这事起彪一直不让说，他担心女儿的事传出去后，会影响她的学业和以后的婚姻。

舒俊还说，起彪是个老实人，因为不懂法才……如果他当时不离开现场，及时报警就不至于这样了，自己也不用出这么多钱。舒俊说，每次去监狱看他，他就说"那时候我不离开现场就好了"，他也不敢指望一个外地嫁过来的妻子能赚多少钱，他牵挂生病的女儿能不能得到及时医治，他想着出狱后争取多赚钱，尽力偿还那笔赔款……

都说男儿有泪不轻弹，只是未到伤心处。提起种种往事，起彪忍不住泪如雨下，他恨自己法盲，恨自己做事没主见，太轻信他人，否则郑州的那笔生意也不会被所谓的朋友"骗"走……

吕大姐再次问他们满打满算可以拿出多少钱，起彪没有吱声，还是舒俊接了话："这样吧，他这个老实人，把他的肉刮了也拿不出多少。回头让他去亲朋好友家再借一些，另外我给他出一点，凑二十万是可以吗？"

"二十万？这个数额相差太大了，估计那边不会答应的，你们得拿出诚意来。"吕大姐和施法官都摇了摇头。

"我实在拿不出那么多……"起彪抹了一把眼角低声说。

（四）

姚云芬的舅舅看了一眼坐在轮椅上的外甥女，对吕大姐说，咱们可不可以单独谈谈？

舅舅把声音压得低低的，突然哽咽起来，说姚云芬这些年来受了很多苦，车祸后欠医院的钱还没付清，所以她都不敢去医院，咳嗽大半年了才去检查，去年查出肺癌，医生说她的预期寿命不会超过两年，这笔钱若不能拿来……

"她知道吗？"吕大姐问。

"我们都瞒着她，怕她会接受不了。她女儿是知道的。"

吕大姐说，站在姚云芬的角度看，她的丈夫走后，经济上没有其他来源，针对现在的困境，也只能退一步，少一点赔偿，但最好一次性付清。互相体谅对方的难处，事情才能解决。

"对、对，我也是这个意思，否则还不知猴年马月能拿到钱，万一她有个三长两短……"

吕大姐问姚云芬的舅舅，他们希望能拿到多少，随即又补了一句，如果按照法院判决的赔偿款，以起彪的能力根本行不通，否则也不需要放到联络站来调解了。

姚云芬的舅舅嘴唇动了动，嗫嚅着："那……六十万……可以吧。"

吕大姐摇了摇头："这么大的数额他拿不出的，可不可以再少一些。我本不想说，就是起彪的女儿心脏不好……咱们将心比心，也体谅一下他人的难处。"

听罢，姚云芬的舅舅陷入了沉默。

吕大姐说，其实不管出多少，起彪自己根本拿不出，都需要朋友帮忙，就是刚才陪他一起来的那个朋友，很仗义，说要帮他，说明起彪也不是那种"畏罪潜逃"的人，只是不懂法，他为此付出的代价也很大，一直说后果自己来承担。所以希望你们也慎重考虑一下对方的赔偿能力。

见姚云芬的舅舅不吱声，吕大姐又说，如果调解不成，意味着他到底能还多少、什么时候能给，都没个定数，即便告他继续进监狱也没有用，不妨也试着想想最坏的结果。

"唉，我也实在开不了价，要不，你们帮我问问他吧，能拿出多少。"姚云芬的舅舅苦着脸说。

（五）

看到吕大姐从那边调解室过来，起彪和舒俊都站了起来。

"怎么样？他们要求多少？"舒俊身子往前挪了一下。

吕大姐示意他们坐下，说，各自都有难处，姚云芬也很不幸……吕大姐说了姚云芬的情况，两个大男人也沉默了。

吕大姐说大家都有苦衷，之前说赔偿二十万是不可能的。现在姚云芬丈夫去世，孩子还小，她的身体说不定过不了明年，时间拖久了，对她更不公平。起彪才四十多岁，还年轻力壮，钱可以慢慢赚回来，而她不能再等，从道义上讲，咱们要同情她才是。

"可我真的拿不出，之前亲朋好友也借遍了……"起彪没抬头，翻看自己那双满是老茧的手。

"这样吧，要不三十万，我作为朋友只能尽到这份上了，可以吗？"舒俊说。

吕大姐想了想，说："作为朋友你都如此仗义，我们从人大代表联络站救助基金借你五万，这样凑足四十万，好不好？你也咬咬牙，努力一把。"

"这……"不知道是因为四十万超出他的偿还能力，还是因为这儿居然能借给他一笔数目不小的钱，起彪愣着，一时没回过神来，嘴巴张得老大。

"这5万是无利息借你，这样凑足四十万，一次性付清。但我还不知道那边是不是同意。"

"这……"起彪使劲眨了好几次眼，头皮被拉扯得一颤一颤的。

"行，如果他们同意就这么办！"舒俊拍了一下起彪的肩膀说，"就这么定了，不足部分我去想办法。"

"那……欠医院的四万多呢？"起彪惦记着欠医院的钱还没有着落。

吕大姐说，这个当然都包括进去。

姚云芬坐在轮椅上，看眼前的人一会儿进来、一会儿出去，她拽起自己的衣襟，卷起、展平，又卷起、再展平，不时地扭过头看看舅舅，微微低下头，轻轻咳嗽起来。

门开了，吕大姐进来告诉姚云芬的舅舅，对方愿意一次性付清四十万，包括欠医院的四万多。他实在拿不出更多了，这个数还是朋友给他想的办法。

姚云芬看着舅舅，没有说话。舅舅说，是不是再加一点？吕大姐摇摇头，如果还想再多，事情就没法解决了。

"那倒是……"姚云芬舅舅看了看坐在轮椅上的外甥女，说，"那就这样？"

姚云芬咳了一声，笑了笑，说："舅舅定就是。"

一脚的代价

（一）

在回家的路上，晨锐双手插在裤兜里，两边的裤袋鼓鼓囊囊的，几个指头在裤袋里来回地狂抓。他低着头，一边走一边踢着路上的那颗小石子，一直把它踢到到家门口。

他抬头看到母亲牵着他四岁的妹妹的手正准备出门。妹妹的一只手被母亲牵着，手上还捏着几瓣柚子，另一只手的几个指头塞在嘴里，两颊一缩一缩。母亲侧身弯腰拔出孩子悬在半空中的胳膊肘，那几个指头瞬间从孩子的嘴里掉了出来。

晨锐和母女俩打了个照面，一脚跨进门，脚底一滑，打了个趔趄。低头一看，原来是踩到了一块柚子皮。晨锐气得转身一脚踢过去，"嗖——"飞出去的柚子皮差一点打到院子里的父亲。

父亲一个侧身，俯身捡起柚子皮，随手往垃圾桶内一扔，说："谁在乱扔果皮？"

"不是我。"妹妹奶声奶气地应答。她挣脱母亲的手，走到晨锐跟前，仰起头，递给他一小块柚子："给你吃。"

晨锐没好气地推开她：“去，一边去。”妹妹讨了个没趣，顾自走到母亲身边。

“怎么啦？”父亲见晨锐脸色不太对劲。

晨锐看了一眼父亲，头低了下去，一只脚不停地在地上来回磨蹭，瓮声瓮气地说：“爸，我……我可不可以向你们借二十万块钱？”

“什么？二十万？干嘛用？”刚抬脚出门的母亲立马转过身来。

当晨锐说了为什么急需这笔钱时，夫妻俩的眼睛瞪得老大。父亲的食指不停地戳在他的脑门上：“你这个败家子，哪有那么多钱，以为我们是大老板吗？不好好读书、不赚钱也就罢了，好端端的有家不住还要去租房子，白白把你养了二十年，还向我们要钱，别忘了你还有一个妹妹！”

“谁叫你们一把年纪还要二胎！”被戳得歪着头的晨锐甩了一下额头的刘海，梗了一下脖子。

父亲伸手朝蹦出这句话的那张脸打去，晨锐一溜烟撒腿跑走了。

“败家子，有种你就甭回这个家！”父亲一手叉着腰、一手指着“败家子”的背影，气得直跺脚。

晨锐跨上电动车飞也似的回到了城区的小蜗居，那时已经是下午五点了。

房子是年初时和几个朋友合租的二楼套房。晨锐因为出钱最少，住的房间面积最小，十来个平米，靠北，采光也不怎么好。特别是每到饭点，一楼小菜馆那呼呼作响的排油烟管子，将各种各样的味道送上来。虽然只闻其香、不见其菜，但在晨锐的脑海里似乎时有红烧肉、糖醋藕、油焖辣椒呈现，饥饿被唤醒时就有点熬不住……

可是，他今天闻到这股味道却莫名的反胃，不是因为楼下正在烧的是臭豆腐，而是他一点心情也没有。回家非但没能从父母那里借到二十万元，而且还差点挨耳光，若不是他的腿脚利索跑得快，那记脆脆的声响定是不可避免的了。

晚饭他没有吃，只喝了几口水，也没感觉饿。他拿起手机拨打云茹的电话，话筒传来："对不起，对方已关机，请稍后再拨。"冰冷的人工语音硬生生地把他塞到床上，他把手机往床上一摔，自己却如一只趴着的四脚土鳖，脸闷在枕头上。他很想哭，可就是流不出泪来。

那是一年前的春天。

晚上十点钟，晨锐捧着手机刷抖音、翻看了一通朋友圈，点了无数个赞，正准备睡觉时，云茹微信发过来："亲，睡了吗？"

"没。"

"到一号公馆的酒吧3号包厢，来吗？"

"好，马上！"

春天，无论是白天还是夜晚，晨锐都可以感受到来自体内荷尔蒙的苏醒，就像万物在湿漉漉的雨水里、在轰隆隆的雷鸣声中伸展，拔高。他一咕噜起来披上外套，跑到洗手间，在镜子前左看右看，捋捋头发，整整衣领，就急匆匆出门打了个车。

一号公馆的外墙，一串串瀑布似的灯束缓缓流下，不停地变换颜色。晨锐的脸一会儿红、一会儿绿、一会儿紫，他明显感觉到了自己的心跳在加速。他径直走进公馆，服务员做鞠躬状，一手搭在胸前，一手从侧身伸直横在半空中作指引，"这边请！"

3号包厢的门虚掩着，晨锐轻轻地推开门，一股酒味扑鼻而来，昏暗的灯光下，他一时看不清楚都有哪些人在里面。

"晨锐——"是云茹在叫他。晨锐寻声望去，一束蓝盈盈的光打在沙发上，沙发上的云茹正和一位短发美女紧紧靠在一起。黑咕隆咚的包厢，他老半天才适应过来。许久，他才注意到沙发前的茶几上一片狼藉，有个酒杯里居然扔着几颗烟蒂，茶几旁边的地上，横七竖八地躺着红酒瓶。

"你们这是……喝酒了？你没事吧？"

"我没事，这是雯雯，等一下你开她的车送我们回家。"云茹推了一下烂醉如泥的雯雯，"姐，走，让他送我们回去，把车钥匙给我。"

雯雯摇头晃脑，好像脖子没了骨头，挂在脖子上的头几次抬起，又挂下，她缓缓地掀起眼皮，抬起的手在空中指了指，又掉了下去。云茹拿起扔在沙发上的皮包，在雯雯面前晃了晃，"在这里吧？"雯雯点了点头。云茹打开包，窸窸窣窣掏了老半天，掏出车钥匙，递给了晨锐。

晨锐虽有些小小的失望，但云茹记得他，有事想到他，还是让他感到些许欣慰。

晨锐和云茹左右扶着瘫软如棉的雯雯，三个人深一脚浅一脚下楼来。来到停车的地方时，云茹问雯雯车子在哪里，她摇摇头。晨锐拿着钥匙，经过一排排车子，不停地按钥匙上的开门键，突然有一辆奔驰越野车的灯闪了闪。

云茹扶着雯雯，对晨锐说："先送我回家，再送她到五金城，她的地址我发在你微信上了。"

晨锐在后视镜里看到雯雯倒在云如身上，偶尔"哇喔——"一声，云如不停地拍着她的后背，发出"嘭嘭"的声响，她叮嘱晨锐开慢点。

送走云茹后，晨锐将车开到五金城的一栋楼房前停下来。他扭头看到雯雯在车上吐了，一股酒味顿时弥漫开来。他皱了一下眉头，下车，打开后车门，说："到家了，下车吧。"见雯雯没有反应，便伸手去扶。

这时，雯雯猛地睁开眼，直愣愣地瞪着他："你是谁？怎么开我的车？"

"我是晨锐啊。"

"哪个晨锐？我怎么不认识，你是不是抢劫的？"

"怎么可能，下来吧，是云茹让我送你回家的。"在雯雯的瞳孔里出现的是：路灯下、陌生的男孩，自己的车钥匙和包包都在他手中，且面色并不友好。

晨锐再次伸手想扶她下车，雯雯甩了一下手，又推了一把晨锐的肩膀，警觉地看着他："碰我干嘛！那……云茹呢？"

晨锐老大不高兴，跺了一下脚，大声说："你自己喝醉了不知道吗？我送你回来，你还倒打一耙！"

"是骗子吧，男人没几个是好东西！"雯雯歪着头嘀咕着，满脸狐疑地看着对他并不友好的男孩。

晨锐被惹得火了起来，在雯雯打开车门下来的时候，他用脚踢了她一下："你给我醒醒吧。"雯雯噗通一声跌倒在地……

晨锐从医院出来时，天已经亮了。那一夜，他没有睡，又一早就去了派出所。那"临门一脚"招致的横祸，恍恍惚惚地感觉像做了一场噩梦。

一回到家，晨锐就把自己扔到了床上，双手枕着头，呆呆地看着天花板，冷不丁骂了句"这臭娘们"！

这是骂谁呢？骂了也没人听，他感觉像骂自己，不，应该是骂这臭脚，还有臭豆腐们。他翻了个身，抬起右脚转了转，若那一脚不踢，就不致于被人倒打一耙了。晨锐突然想，自己去足球队，该不会是射球高手吧，刚才踢柚子皮，若父亲不侧身躲闪，岂不是也打中了？

（二）

雯雯挎着个 LV 的格子包包走进人大代表联络站，还带来一股不浓不淡的香水味。她头发染得黄黄的，披在肩上，瓜子脸，不知是粉底之故还是她本来的肤色，脸色显得有些苍白。左面部有块小小、淡淡的褐色斑块，鼻梁部有条小疤痕高出皮肤一点点，若不留心，也并不显眼。

雯雯抿了抿薄薄的嘴唇，看了看林法官和吕大姐，挨着凳子在他们的对面坐下，放下包，双手搁到桌上，十个纤细的手指紧扣，指甲染着那种粉粉的红。

雯雯指着自己的鼻梁，说晨锐导致她摔倒致鼻梁骨断。她又侧过脸，指了指自己的左脸，还有这也受了伤。她说起初没打算起诉，让晨锐赔钱时，还说她自己酒喝多了，下车不小心摔倒所致，后来她去查监控，他才无话可说。她咨询过律师，这样的伤势至少可以索赔二十到三十万。

"让他赔这么多，你知道他家的情况吗？"吕大姐问道。

雯雯说只记得之前听云茹说过，她的男朋友家办企业，好像是做保温杯什么的。

吕大姐问她有没有向其他人打听过。

雯雯摇了摇头，说不认识晨锐，只知道那天自己酒喝多了，是云茹的男朋友开她的车送她回家的。迷迷糊糊不记得很多，等她清醒过来的时候，是在医院里了。

"所以你觉得他家不差钱，有这个赔偿能力？"吕大姐再问。

雯雯捏了捏桌上的包包，粉粉的指甲盖在包上动了动，她笑了笑："有一点吧。我咨询过，他若拒赔我还可以起诉。"

林法官告诉她按照法律规定，虽然晨锐的行为构成故意伤害罪，应追究刑事责任，但不可能赔偿那么多，告晨锐该不会是为了要他坐牢吧？

雯雯把头一扭，说："谁让他态度不诚恳。再说他只肯赔五万，和二十万相差也太大了吧。他不赔，我当然起诉！"

林法官说："根据案情，咱们先预判一下结果吧。如果他判了刑，赔的钱也不过三五万，这个你考虑过没有？"

见雯雯一时反应不过来，吕大姐说，晨锐家实际情况，他们已经去村里了解过，他父母在农村，靠在厂里打工赚点钱，他还有一个四岁的妹妹，晨锐去年从职技校毕业后自己做淘宝生意，仅此而已。要他赔这么多，哪来的钱？

"啊……这，可是……"

吕大姐说："你因为酒喝多了才出了这事。酗酒有伤身体，你父母如果知道会有多心疼。"

雯雯低头不语。她已经二十五岁了，父母在外省做生意，偶尔回家一趟，雯雯是他们的掌中宝，平时家里只有她一人。许是一个人太空虚，她慢慢地喜欢上喝酒，特别那种飘飘然的感觉，可以暂时忘记一切烦恼和寂寞。

她和云茹是一年前在酒桌上认识的，因为云茹也喜欢喝酒，但酒量很好，属于千杯不醉的那种。她们彼此还谈得来，互相就有了交往。云茹和她偶尔提到过自己的男朋友，说他模样挺帅的，父母办厂，他在城里做淘宝生意，条件不错，只是这个男孩比她小三岁。雯雯还开玩笑说"女大三抱金砖"。

雯雯这次喝酒是因为男友和她分手，云茹就陪她去一号公馆发泄一下。

吕大姐说，你还这么年轻，以后要少喝酒多爱护身体才是。晨锐是好心送你回家，再说一个才二十岁的小伙子，刚刚步入社会，坐牢将会影响他一生，而且他目前根本没有这个偿还能力，如果他的父母来承担，这对他们家来说简直是个天文数字。

"……这个，我一直以为他家很有钱。"

吕大姐说："若撤销起诉，少赔一些对你来说并不影响生活，我相信你本意也不是为了要告他坐牢，而对于他这个家来说却不堪重负，还有他的未来。"

雯雯沉思许久，她说："要撤销起诉也可以，但他得赔钱，如果是他父母来承担，我认为不是很合适。"

吕大姐说："对呀，所以我们希望你能减一点。"

（三）

晨锐和父母来到法院人大代表联络站，本来帅气阳光的小伙子就像被太阳晒蔫的白菜，耷拉着脑袋他的双手依旧插在裤兜。

他旁边的父亲则用一双粗糙的手不停地搓着："真对不起，是我们没把孩子教育好，惹出这么大的麻烦。"

吕大姐说，他还小，不懂事理，没有想到会出现这样的结果，如果希望对方撤诉，就要在赔偿金额上满足她。

"他去年才从职技校毕业，哪有那么多钱赔啊，我们家里还有一个孩子……"晨锐的父亲满脸无奈。

吕大姐的目光停留在晨锐的父母亲身上：父亲身材精瘦，皮肤黝黑，那件印有"建设新农村"红色字样的白色 T 恤穿在身上，空荡荡的，依稀有一些白发，眼角的皱纹如渔网撒向太阳穴；母亲留着短发，已有些许白发，穿着一件短袖，是白底紫色碎花的上衣，大大的眼睛，眼窝有些凹陷，嘴角的括号纹在她沉默的脸上特别明显。

"我们都快五十的人了，真拿不出那么多钱。"

"你们的困难我们知道，案子很简单，也容易判，就是效果不好，特别是考虑到你儿子的将来，这就是为什么承接这案子的法官要把这事放到人大代表联络站来调解的原因，我们不希望一个才二十岁的孩子被判刑。"林法官说。

吕大姐看了看晨锐，说，大家都知道他并无恶意，但是踢对方一脚是事实，给对方造成伤害也是事实，对方要求赔偿不是没有道理，毕竟她的伤势已经构成轻伤。现在协商目的只有一个，就是减少这件事对晨锐未来的影响……吕大姐让晨锐的父母谈谈自己的想法，能给多少。

"是的啊，我们也希望能早点解决。我们想听听她要多少，让我们心中有底。对了，这孩子的习惯很不好，在家开门、关门都喜欢用脚踢，这脚真是犯贱，这不惹出祸来了？"父亲手指着晨锐的那双脚。

晨锐低下头去，一双脚在地上很不自在，弱弱地移动了一下，趾头闷在鞋子里，不停地扣着鞋底。

当吕大姐说对方要求至少九万的时候，晨锐母亲转身趴在丈夫的肩膀上，呜呜地哭了起来："这得是好几年的积蓄了呀，我的娃接下去还要读书……"

父亲的眼圈也红了起来，拍了拍肩膀上的那只手，抹了一把眼睛，吸了吸鼻子："孩子犯了错，欠人家的总要给，以后让他自己省吃俭用，不能乱花钱，城里租的房子也可以退了。"

"你还到城里租房子？"吕姐问晨锐。

晨锐微微点了点头。

吕大姐说，家离城区这么近，十来分钟的路程，可以搬回家住，接下去每个月两千元交给父母。那边他们再去说说，让她再让一步。晨锐连连点头。

吕大姐和雯雯又是一番长谈，希望她能够从晨锐家的实际情况出发，宽容他人，退一步海阔天空，做人做生意都是如此。最后总算把雯雯说动了。

（四）

"雯雯明确表态，以后得你自己赚钱还给父母。二十岁的人了，应该承担家里的责任才是。回头就退了城里租的房子，每天回家帮父母干些家务活，一来省点房租费，二来也可以照料父母和妹妹。"签下和解协议的时候，吕大姐又一次语重心长地对晨锐说："通过这事，你也应该成长起来，吸取教训，不要瞎吹牛，有些不良的习惯也得改一改。自食其力是根本，懂得诚信、孝顺才是正道啊。"

三个人走在回家的乡村小路上。阳光下，池塘边的知了在柳树上"知了——知了——"叫个不停。看见路上有一颗小石子，晨锐习惯性地抬起右脚，突然想起了什么，停下脚步俯身捡起，咚——路边的池塘上，泛起一圈圈涟漪。

债无主

"你们说话都不算数的，政府就喜欢忽悠人！"周斌一进来就怒气冲冲地说，他乜了一眼坐在对面那个短发、个不高、清瘦的老太太。

"一，我不代表政府，二，政府也不可能给你们发钱！"吕大姐噌地站起来，落地有声，"我是一个普通的退休工人，是人民代表，但我绝对说话算数！如果想解决问题，咱们可以商量，我可以保证让你们拿到钱，但不可能全额支付，这个你们得有心理准备，而且必须五十八个人全部同意，签字一个都不能少！"

周斌被眼前的老太太震住了，瞪大双眼看了看吕大姐，又侧过脸和他一起来的尹超、曹新华面面相觑，满脸狐疑。

（一）

这天周斌他们三人是一起来到法院的，代表五十八个农民工，准备要回五百多万元血汗钱。

周斌穿着藏青色的连帽羽绒服，帽反了个底挂在脖子后，松松垮垮的，衣领就像充了气似的竖着，里面的蓝色衣领也竖着，外一层、里一层地护着他的脖子，脑袋就像搁在米其林轮胎似的羽绒服上，只是每次他抬手的时候，就露出袖口上的几处油污。

早上出门前，他说要去法院讨钱，妻子说，咱们的年货还没买，你的衣服也两年没买了，如果钱能够要回来，就先去给你买件新衣服。

周斌是四川人，四十三岁，夫妻俩在浩宇装修公司打工，两年来被欠的工资合计已有四万多。一想起这个，周斌就有些后悔，本来妻子在某公司做保洁，干得好好的，硬被他拉了过来。周斌当时有个小算盘，想着两个人在一起，倘若其中一个有事，另外一半可以顶着，手头的时间就宽裕一些。谁知道，半年后的浩宇装修公司居然人走楼空，连个影儿都没了。

他和妻子已经有两年没回老家。前几天老父亲住院，姐姐让周斌寄点钱回去，可是，他们一年下来也积攒不了几个钱。再说了，两个孩子还在上学，老家的毛坯房都没钱装修，这里要钱，那里要钱，他恨不得自己变成个印钞机。

坐在周斌边上的尹超五十多岁，清瘦的脸，肤色略微发黄，一件深灰色的羽绒夹克衫罩在身上，靠近脖子的衣领颜色比周边明显深了些。

曹新华是尹超的老乡，都是河南人，而且是邻居，听说尹超父子俩在永康赚了些钱，前几年也跟着过来到浩宇装修公司上班，可没干多久，就摊上了这事。

三人虽然都在公司上班，但平时极少碰面，公司人去楼空之后，他们才走到了一起。

尹超是他们中最年长的一个，大家都愿意听他的。可是，之前他出的几个主意付诸行动后均没有结果，五十八人的群主就由尹超换成了周斌。

（二）

老板跑路一个月后，那天下午，周斌和曹新华来到尹超租的屋子里商量这事。

尹超的房间仅十来个平方米，进门的右边搁着一张桌、一张床，床靠窗，桌子靠墙。左边墙角的一个高低柜上有个单眼煤气灶，煤气灶上的黑铁锅黏满了油污，铲子的手柄从锅盖下钻了出来，铁锅的锅盖已经变形了。靠着高低柜的墙上黏了很多深褐色的油污。桌上有个小电饭煲，一个菜盘，盘里留着半截鲫鱼。房间内弥漫着一股鱼腥味、汗臭味，还有其他说不出的味道。

"哥，咱这事，要么去上访，要么咱们闹到市府去。"周斌一进门就大声说道。

"上访？去哪儿上访？"尹超白了周斌一眼。他摸了摸鼻子，说："这样就可以找到市委书记、市长了吗？"

曹新华用胳膊肘碰了碰周斌，说，市长哪有那么好找的，要不咱们就听听超哥的意见。

尹超脱下鞋子，拉了一把床上的被褥又折了两下，塞到后背去，人往上靠了靠，半躺着，扭了扭身，调整到一个舒适的姿势，双手拢在胸前，双脚搁在床上，左脚的大拇趾从灰白色的袜子里探出头来，朝着天花板。

周斌吸了吸鼻子，用手半掩着鼻尖。尹超见状，马上放下双脚，在地上找到鞋，重新套上，又坐直了。他说，现在联系不到老板，公司也已经搬走，但是浩宇装修公司在开发区注册，他去打听过，那些过来打工的人，若老板不发工资，开发区会替他们讨要，是不是先去那讨个说法。

曹新华说，眼下也只能这样了，就是要多去几个人，人多势众嘛，才会引起重视。

尹超拿出手机，他说要不让大家先建一个群，看看公司到底欠了多少人的工资，否则就凭咱们几个人的力量肯定是不够的。

第二天，尹超、周斌、曹新华他们陆陆续续拉进群的共有五十八人，除了来自四川、江西、云南、河南、安徽、贵州、湖北的，还有几个是永康本地人。被欠的工钱从几千到几万不等，合计有五十多万元。尹超父子俩合起来将近四万，曹新华七千多。于是大家就推尹超当群主，取名为"讨债群"。

尹超建议他们三人另建一个小群，小范围商量事情时用，名为"讨债三人行"。

几天后，尹超在讨债群里发出通知，让大家尽量抽出时间，周一上午九点到工业园区门口集中，能去的人在群里接龙。

那天早上陆续到了四十多人，大家围在工业园区门口，七嘴八舌，一片喧闹。门卫挡着不让他们进，说只能派几个代表去。经商定，尹超、曹新华、周斌夫妇他们几个代表进去交涉。

听完他们的诉求后，开发区负责接待的人说开发区又不是银行，难道从他的口袋里掏钱吗？他们这个部门是处理老板不及时发工资的，你们公司人都不在了，老板也不见影了，怎么弄？再说要付五十多万，去哪儿要，冤有头债有主，找他们没用。

几个人在开发区磨破了嘴皮，接待的人只是摇头，让他们另想办法。他们说，这些血汗钱可是牵涉到五十八个家庭啊！接待的人摊开双手，拍了拍口袋，无奈地说，他也没有办法。

围在门口的那些人，看到他们几个垂头丧气的样子就知道没戏。人群里有说去上访的，有说去找法院的，也有说要先找到老板的，但一时也无法作出决定，只能各自先回家。

出来的时候已是中午十二点多了，尹超突然感觉两眼发黑，头上直冒汗，他从口袋里摸出一颗糖，手不停地发抖，糖果的外包装纸怎么也撕不开。他把糖放到嘴里，用牙齿使劲咬住口子，眯着眼，咧着嘴还是拉不开。他赶紧坐到路边的石头上，让曹新华给他去买一瓶矿泉水，又把糖递给周斌，让他帮忙剥开。他知道自己是因为太饿，低血糖了。医生说过，让他不能太饿，否则发生低血糖就有生命危险。

周斌接过糖，因外包装上沾着些口水，一使劲就打滑，他拉起衣襟，擦了擦外包装，沿着齿状线的口子使劲扯才剥开。过了一会，曹新华急匆匆地跑回来，打开盖子，把水递给尹超。尹超仰着头咕咚咕咚喝了几口水，这才慢慢缓过神来，感觉好了些。

（三）

找谁去？这是核心问题，就像打靶，总得有个切入点才是。尹超在群里让大家群策群力。大家的一致意见是找到老板，这才是最快的解决方式，所以接下来大家务必留心路上的行人、菜场里买菜的人和商场里购物的人。

有一天，尹超在菜场听到一个人边走边打电话，觉得声音有些耳熟，扭头一看，真踏破铁鞋无觅处，得来全不费工夫，就是他，浩宇装修公司的老板章明！尹超悄悄地跟着章明，看他付了钱，走出菜场，来到一处居民住宅一楼。尹超马上把这个消息在讨债三人行群里说了。

有了上一次的经验，他们觉得光靠人多势众并不解决问题，这次找老板，五个人就可以搞定，于是又找了两个年轻力壮的，确定好时间、地点，马上开始行动。

五人来到章明租的房子门口，可守候了好几天，都没发现他的行踪。该不会离开永康了？尹超说，应该不会，咱们多候几天，要知道，心诚则灵。

那天下午，五点不到，尹超远远地看到章明拎着一只塑料袋过来。他赶紧让周斌、曹新华跑到二楼的楼梯拐角等候。当章明掏出钥匙准备开门时，周斌和曹新华冲下来，尹超和其他两人包抄过了，给章明来了个"瓮中捉鳖"。

章明被这帮从天而降的人惊呆了，慌乱中他拼命反抗，钥匙"哗啦"掉到地上，塑料袋"哧"地破了口子，方便面"唰"地散了一地。尹超一个箭步冲上去抓住章明的衣襟，却一脚踩到了散在地上的方便面，脚底一滑，打了个趔趄。章明趁机弯腰想从人缝中逃脱，可是五个人已经围成了一堵厚实的墙，他根本无法动弹。他的后背被周斌一把抓住，衣襟前的纽扣"哗啦啦"地扯掉了。曹新华把章明的手反剪过来，他的外套就像一个壳，挂在了后背上。

"快把钱还给我们！"周斌大声叫道，拳头如雨点般落在章明的头上，他带着哭腔连喊救命，反复说自己真的拿不出钱来。

后来，他们几个都被110出警的警察带到了江南派出所。尹超和警察好说歹说，他是有糖尿病的人，要定时吃药吃饭，而药在家里，得赶紧回去。警察做完笔录就让他先走了。

被几个"讨债鬼"揪住的章明是兰溪人，他庆幸有人报警。在派出所的时候，他哭丧着脸说，现在债务缠身，他已经从一年前的老板已经降为打工仔了。再说，他只是浩宇公司的股东之一，另外几个股东是丽水、缙云、东阳、义乌人，他们五个人合开的装修公司，三年前在开发区附近租了一间四五十个平方米的房子。因为债务问题，一年前他们就散伙了，公司现在只剩下个空壳。

周斌、曹新华他们也和派出所的干警诉苦，他们实在是迫不得已走这一步。干警得知事情原委后，让章明打电话给那几个合伙人。章明把手一摊，哭丧着脸说，他们几个老早都散伙没有联系了，不是回到老家打工就是转让了股权，你让我去哪找啊。警方考虑案情特殊，章明也构不成拘留的条件，他说所幸对方都没有伤着，否则大家会吃不了兜着走，吓得尹超、周斌他们干瞪眼。

（四）

自打那以后，尹超就觉得自己出的主意都没有结果，特别是肚子一饿，就没力气，所以便以此作为理由坚决退出了群主的位置，让年轻的周斌"当头"，他当"参谋"。

两年来，他们几个往返于人力资源和社会保障局、信访局、公安局、开发区等几个部门之间，得到的回复不是说没有办法，就是让他们去打官司。

看来这场官司是非打不可了，于是，一张签有五十八个姓名、按有五十八个鲜红指印的状纸送到了法院。

可是官司打赢了，法院又说这个案执行不了，五十多万元钱，没地方来，大家气得七窍冒烟。

接下来该怎么办？经过一番协商，大家决定：继续上访！

这些天来，周斌老家几乎天天向他要钱，可拿不回这四万多欠款，他哪里有钱？他甚至一直都舍不得扔掉在浩宇装修公司上班时发的工作服。那天他穿着后背写有公司字样的蓝色夹克衫时，他的妻子白了他一眼，说都不在公司上班了，还穿着这衣服，给谁做广告啊。为了抹去那几个字，周斌曾经使劲地用手抠过，用香蕉水洗过，可都弄不掉。妻子要把它扔到垃圾桶的时候，周斌又一把抢回来，说那就穿在外套里面，至少干活的时候可以穿，又不碍事。

距离最近一次上访又过去一个多月，事情依然没有什么进展。

2021年农历腊月，因为疫情，很多企业都提前放了假，讨债群里有人说，反正现在疫情我们也回不了老家，打工的人闲着也是闲着，听说市里马上要开"两会"了，干脆去市政府闹一闹，事情闹大了，他们就会来解决。曹斌让群里的人接龙，这次接龙的居然有五十多个！他们还准备了横幅，用毛笔歪歪扭扭地写下"还我们血汗钱！还我们血汗钱！！还我们血汗钱！！！"红底黑字的条幅拍下来发在群里，一时间，群情激愤。

（五）

舒法官听说吕大姐几天前成功调解了一起农民工讨债的案件，就来到人大代表联络站，介绍了手头正在办理的这起案子，说现在法院执行不下去，即便动用法院现有的社会保障救助基金，也拿不出这么多钱。

吕大姐了解事情原委之后，她算了一下这笔账，五十多万元的欠款，按照六折来算，准备三十多万就容易一些，可是五十八个农民工会同意吗？

一开始调解时，吕大姐有底气说"说话算数"，是基于她已经想好了资金的来源：一是准备司法救助资金出资十二万元，二是人大代表联络站（永康慈善总会）出资十万元，最后缺的十万元，她想与开发区那边先沟通一下，真不行就她自己赞助。所以开头的那一幕，吕大姐是底气十足的，她有理由要让他们相信她能够解决这笔债务，但条件就是他们也必须做出让步。

周斌他们曾经跑了那么多部门，还是第一次碰到答应给钱的，而且说得铁板钉钉。只是眼前的这个吕大姐给他们考虑的时间很短，当天晚上八点之前五十八人都必须同意，且第二天要全部签字！吕大姐还以不容置否的口吻说：如果错过，走过这村就没有那个店了！

三个人默默算着自己的那笔欠款，如果按吕大姐说的六折算，那笔血汗钱差不多被腰斩了……还有其他五十五人会同意吗？万一有一个不同意，岂不是白努力？

周斌说，让他们出去商量一下。

走出调解室，尹超把声音压得很低，他首先提出了反对意见，说如果按六折算，他们父子俩损失最大，能否按七折支付？

周斌戳了戳自己的脑门说，又指了指尹超，脑子进水了吗？刚才不是说得很清楚，走过这村就没有那个店了，难道咱们还有讨价的余地？

尹超嘴唇动了动，嚅嗫着，那……

周斌说，若说亏，大家都亏，我们夫妻俩比你还多，你就不要犹豫了，如果我们三个的意见都统一不了，怎么去说服其他五十五个人？

曹新华说，他没有意见，听大家的，如果大部分人都没有意见，咱们就这样办。

周斌他们从法院出来，在群里发了消息，说事情进展到这一步很不容易，与其一点都要不到，与其一而再、再而三地四处讨要，不如现实一点，要回一点算一点……晚上八点钟左右，群里五十八人都接龙回复同意。

从法院出来后，吕大姐立即打电话给开发区的人，说五十八个农民工追讨劳动报酬的案件已经解决了，电话那头传来惊喜的声音：是吗？真的？太感谢了！十万，我们来负责，若不是您来调解，也不知会拖到猴年马月……当初他们要五十多万，开发区哪有这么多钱哪？十万，没有问题，明天就给，放心吧！

第二天一早，法院的人还没有上班，尹超就等在大门口了。

看到吕大姐和舒法官过来，他一会儿搓搓手，一会儿挠挠头，说他有点想法。

吕大姐说，该不会又变卦了吧。

尹超的一只手微微握拳，半掩着嘴，轻轻地咳了几声，支支吾吾地说，他不能拖人家的后退，但是他和儿子合起来的数额最多，到时他会签字，就是发钱时能不能给他多算一点。

吕大姐说，怎么可能，你以为人家都傻啊，给你多算一点，其他人怎么办，这样做，岂不是把人家饭碗里的倒给你？一律公平对待，厚此薄彼岂不乱套？而且昨天协商的时候都说好了的，只要一个不同意就全部不发。

尹超叹了口气，吞吞吐吐地说他的儿子在缙云出了点事，家里实在是缺钱，最要紧的是他这个糖尿病的身体，每月花费不少，这笔钱对他来说真的是太重要了，接下去房租……突然，他捂着脸，一双像戴了盔甲的手盖在那，每个指间的裂纹被黑色填满，大拇指裂着一道小小的口子，泪水顺着脸和手掌之间的缝隙滴了下来。

吕大姐掏出一张纸巾，递给尹超。尹超用手背擦一把脸，接过纸巾擦了擦手，又擤了一下鼻子，红红的眼里还噙着泪水。

舒法官说："钱是绝对不能多给的，也不可能从他们的那笔帐里划出来给你，否则对大家不公平。但你的实际困难能理解，要不我自己个人的名义给你一些，和他们发的是两码事，你总不能拖大家的后腿吧。"

上午九点，法院的会议室挤满了人，五十八张脸上的表情是喜悦的。尹超第一个带头签了字，按下指印。

"今年可以过个开心年了！"

"真的要感谢人大代表联络站！"

"我回家的路费不愁了！"

会议室里人头攒动，点钞机哗哗作响，签过字、拿到钱的，低头又细细地数了一遍，把钞票理整齐了，紧紧地捏在手里，放进胸口。有的一手拿着钱、一手拿着手机，大声说，拿到了，这次真的拿到了！有的拿着手机拍手里的那叠钞票，拍照发图发给亲人。也有的躲到一边，不停地擦拭着止不住溢出的眼泪……

一个满脸沟壑、戴着老头帽的男子，慢慢走到舒法官身边，一只手抬起又放下，重复了好几次，他侧着身看着法官，法官刚刚说完，他突然一把抓过话筒，叽里呱啦说了一通。他的普通话实在太蹩脚，没人能听懂，但从他的表情里，大家似乎又都听懂了：他很开心，非常感谢政府，拿到钱之后，可以开开心心回家过年了……

临时推销员

（一）

赖新国出门前交代妻子王薇，让她务必去飞友的厂里看看，要不就直接找上门到他家去，看他是不是躲过了初一，还躲得过初五。

王薇自个儿来到永康龙山工业区，在"飞友"保温杯厂前，看到已经生锈了的大铁门紧锁着。她靠近大门，从宽宽的门缝里看去，院子里都已经长出草来了。她只能失望地离开。

晚上，王薇回家后对赖新国说："早知道没有用，又白跑了一趟，油费、时间都浪费不起。他拿不出钱，咱再催也没有用。"

"那我们可以打官司。"赖新国说。

"打官司？打官司就有用了吗？"王薇"哼"了一声。

"我们有他的欠条，难道还怕他不成？"

就这样，两年前，赖新国夫妇把一张状纸提交到了法院。法院这边已经做过了调解，被告依旧以资金紧张为由，要求过些天再支付。

过些天？这哪里是过些天的事？根本就是过些年，而且是遥遥无期的年！

如果说之前手头上的欠条还让他们夫妇俩感觉铁板钉钉的话，那么现在却有种打水漂的感觉，官司打了，连法院都奈何不得他。王薇也感到前所未有的无奈，飞友就是说没钱，能怎么着？赖新国就让王薇继续隔三差五到法院去闹，他还说你妇人家过去，即便撒泼打滚一下人家也不会拿你怎么样。你就去法院替咱们讨个说法，要回那笔欠款。咱做点小生意的人，这笔钱可不是小数目。以至于后来法官看到王薇就头疼。

那天早上，赖新国夫妇接到法官的通知，让他们过来调解。他们夫妻俩过去的时候，被告飞友并没有到场，是他的老婆美雯过来的。美雯看到他们俩，想站起又坐下，微微欠了一个身，就低下了头，若不是一只手撑着，她的脑门几乎就要落到桌上了。

美雯和飞友夫妻俩办的"飞友"保温杯厂，七八年前门曾经庭若市，如今已经被法院查封，儿子还三天两头埋怨他们经营无方，甚至还说，遇到这样的老爷子算是倒大霉了，人家是生意越做越红火，你们呢？原来的老板变成了打工仔，打工仔还好，可以去向老板讨债要钱，你们呢？还时有上门要债讨钱的人，你们连打工仔还不如！

对儿子的风凉话，夫妻俩是又气又恼，只怪自己生了一个"讨债鬼"，指望他赚钱还债，是不可能的事了。日子过得捉襟见肘不说，现在还时不时地被法院传票。

夫妻俩现在拼命地去某企业加班加点想赚点钱回来，可一个月下来两人合起来也不过万把块钱。现在要他们一下子拿出将近十万，就像牵牛上板壁，怎一个"难"字了得！即便借钱还债，也不过是拆东墙补西墙，再说，喝口水都要呛着的时候，又有多少人肯借钱呢？

飞友和美雯曾经非常恨那些赖账的，如今他们也成了赖新国和王薇嘴里的"老赖"了，每次接到他们夫妇俩怒气冲冲的电话，都只好忍气吞声，一迭声地说："请多多谅解，等有钱了，一定会如数偿还，请相信我！"

"信你？现在你厂房都被封了，我凭什么信你啊？"

"那……你让我怎么办？"

对啊，怎么办？王薇又无话可说了。再后来，王薇打电话给他们时，电话那头传来冷冰冰的一句："对不起，您拨打的电话已停机。"每次接二连三的讨债电话，加上冷言冷语，到后来的爆粗口，她也实在受不了。

（二）

吕大姐在与赖新国夫妇聊家常中得知，他们做的是卖油生意，与客户之间基本上是一手交钱一手交货的现金交易。飞友是赖新国的老客户，两人关系一直还不错。

几年前，有一次飞友来到赖新国家，说起自己准备更新产品的事，他说咱永康做保温杯的人实在太多，他的厂只有尽快转型升级，否则死路一条。赖新国说，你还年轻，可以去闯一闯，我们夫妻俩都快六十的人了，就这么小本生意做做也就自足了。飞友说，我们还年轻什么呀，不过是想到儿子如今在找工作，希望转型之后能够让他接过来，我们做父母的给孩子一个好的起点，不至于他太累而已。飞友还说自己已经去银行贷了一百万的款，但资金还是不够，问赖新国可不可以借他十万，年利率一分二。赖新国说自己是做小本生意的，手头并不宽裕，但想着反正他经常要到自己这里买油，就应允他为期两年的油款打欠条，这样也算是帮他忙了。

王薇说，从 2016 年一直到 2018 年，两年间，差不多有九万多油款未付，这账他们自己也承认的。

"承认有啥用？不是两年前就调解过吗？"赖新国白了一眼王薇，双手抱胸仰靠到座椅后背上。

"那你们希望怎样解决呢？"吕大姐问。

"那要先看他们是个什么态度喽。"王薇马上说。

"现在飞友处境困难，你们之前又是朋友，如果就按欠款上的支付，我看有难度，是不是让他少还一点，你们如果非要告他，到时他进了监狱，那笔欠款就更甭想了。"吕大姐说。

"我们那时候以为他们会还，谁知道他们越来越不景气，银行贷款欠的太多，到后来厂房也被法院封了。"赖新国说。

"之前你们怎么协商的？"吕大姐问。

"他们准备把厂里的保温杯给我们，算抵款。"

"那点杯子换成钱还不值两万，这个数额相差太悬殊了呀！"没等王薇说完，赖新国就迫不及待地截了话头，"我们是小本生意，利润低，本就赚不了多少钱！"

"可是，如果坚持要他拿出这笔欠款，也是不现实的，如果他们还得起，也不需要我们过来调解了，你说是不是？我的想法是，与其一点都拿不到，不如少拿点。"吕大姐说出大实话。

"少几万是不可能的，本来我们的利润就很薄。"赖新国连连摇头。

（三）

美雯身子显得很单薄，头发有些凌乱，眼皮底下挂着大大的眼袋，一副萎靡不振的样子，才五十岁的人看起来却像六十岁。来到调解室后，美雯就一直用手撑着额头。

"你先生怎么不来？"吕大姐问道。

美雯说他在厂里干活，在厂里能够多做一点是一点，她自己能够一个人说了算的。

"对这笔欠款，你们是怎么打算的？"吕大姐直奔主题。

"我们也想还的，可实在是没有办法啊。"

美雯想起几年前，他们夫妻俩从银行贷款之后，保温杯的生意却一落千丈。本想儿子大学毕业后在厂里帮忙，有个对手，可是他说厂里又不怎么景气，还不如自己出去找工作，可是找工作又高不成低不就，说想自己创业，于是他又去借了一笔钱，结果也是打了个水漂，交足了创业的"学费"。就这样，他们家老账未算，新债又起。

当初赖新国卖给他们家油，以赊账的方式借钱，也是够朋友的。这个美雯心里其实还是感激的，以至于两年前，来他们夫妻俩起诉，她也不怪他们。通过法院调解，让他们每月付给赖新国五千元，直至款还清为止。那时候，他们的厂还没有停产，房子也没被封，可后来厂子越来越不景气，为了支撑下去，夫妻俩只能拼命干活，而自己现在身体又不好，去年还刚刚做了手术……美雯边说边不时地用手背擦试着眼角。

吕大姐问："那……能还给他们多少呢？"

"顶多也就两三万吧，我尽量去想办法。他们也有难处，可是对我们来说，真的太难了……"美雯的话音越来越低。

"五万，拿得出来吗？"吕大姐试探着问。

"这，我要问一下我老公，可以吗？"见吕大姐没有反对，美雯拿出手机拨通了飞友的电话，之后是长时间的沉默。

（四）

"四万？"赖新国一听"噌"地从座位上跳了起来，"如果这样，我宁肯一分都不要，让他们坐牢去好了！"

"他们真的没有钱？我倒是听说他们还住着别墅、开着豪车，别在这里装穷了！"

"看来还是我们被欠钱的人没有道理喽？我们是一年赚几百万的人吗？"

夫妻俩气得你一句、我一言地刹不住车。

赖新国站起来抬起右手理了理头发，直了直腰板，又拉了拉裤腰带，那架势就像坐在对面的林法官和吕大姐欠了他们钱似的。

"飞友家的情况是不是如赖新国所说的那样？"吕大姐转过身问林法官。

"这不可能，至少他们名下是没有这笔资产的，他们欠银行贷款的时候，我们都已经查过了的。"林法官非常肯定地说。

"他们夫妻俩现在是在某企业打工，这总是事实吧。你们说话也要有根据的啊。"吕大姐回过头来说。

"无论如何，只给四万，我们是不会同意的，宁肯一分都不要！"赖新国的态度非常强硬。

"一分都不要，既然这么慷慨，那你之前为什么三番五次要你老婆来法院要求调解啊？你总不至于就是要告他去坐牢吧！"吕大姐也没好气地顶了他一句。

赖新国被吕大姐的话堵得顿时语塞，他一屁股坐下了去。王薇也沉着脸。空气突然凝固了似的。

过了好一会儿，吕大姐拿起手机，拨通了一个电话。

"喂，徐林吗？你们现在厂里生意如何？"

"很好啊，怎么啦，吕大姐找我有事？"

"你们厂是不是需要润滑油的？"

"当然，怎么啦？"

"听说现在油价要涨了，你赶紧多买点油吧，我推荐你一个卖油的老板。"

"噗呲"一声，本来紧绷着脸的赖新国和王薇一时懵了，都忍不住笑了起来，他们不由自主地抬起头，不可思议地看着眼前这位临时自主上阵的义务推销员，在电话里头卖力地帮他们推销润滑油。

"可以啊，你吕大姐推荐的，我还有什么话好说的。"

"这样吧，你去他们家买油的话，一定要给现金哦，不能拖欠，趁油价上涨前多买点囤起来，反正你们厂里要用的嘛。如果他们的油确实好的话，以后需要就到那里买，怎么样？"

"好、好、好，你吕大姐推荐，我还信不过吗？我照办！"

挂了电话，吕大姐马上对面露微笑的赖新国和王薇说："你们看，这样钱是不是能够少赔点？"

"你吕大姐都这么说了，我们还有什么意见呢？"

最后，赖新国和王薇同意被告还款四万五千元，自愿放弃起诉。

黄蜂酒的"攻"效

　　裘明伍紧跟在胡江身后进入调解室。见胡江坐下，他左右看了看，愣在那不知坐哪里好，手也不知道往哪儿放，粗糙的手掌来回摩梭好一阵子，沙沙作响。法官指了指对面的椅子示意他坐下。

　　裘明伍个子不高，头发稀疏，瘦弱而单薄的身子佝偻着，脸上和手背上布满了白色疤痕。他小心翼翼地坐下后，一双茫然的眼睛挨个儿看了一下坐在胡江旁边的法官，还有人大代表吕大姐和徐献楼。

　　胡江刚刚坐下就摇头叹气，一脸的无奈，他说若不是为了胡龙的女儿，真不想到这里来……

（一）

　　一年前的正月十九，胡江和大家一样宅在家里，不是追剧就是刷手机看抖音。窗外，村干部开着电动摩托车来回巡察，摩托车后系着一个大喇叭，反复播放"不串门，不扎堆，不聚集，宅家抗疫，为国为民……"

突然胡江的手机响了，是二哥胡龙的来电，电话那边传来急促的声音："胡江，我出事了！帮我照顾好女儿（囡囡）！"

胡江立即赶到出事地点，看到工业区附近低矮的工棚旁，停着一辆警车，围了不少戴着口罩、拢着袖的村民和一些不能回家过年的打工人。警车上转动的灯光在他们的脸上扫过来扫过去。

胡龙耷拉着脑袋，手腕上多了一副手铐，已被警察拉上了车。警车后跟着一辆救护车，地上有一滩鲜血，已经凝固了，断断续续的血迹一直延伸到屋里。裘明伍的脸上绑了纱布绷带，他紧紧地捂着脑袋，头上、脸上、衣服上、手上都是斑驳的血迹，夹着一股酒味血腥味。穿白大褂的医护人员在一片嘈杂声中扶着裘明伍上了救护车。

出事那天早上，是裘明伍打电话让胡龙过去的，说哥儿们都好久没有聚了，现在厂里停工，因为疫情，大家外面又出不去，无聊得很，过来和兄弟们喝酒、打牌，现在三缺一。胡龙说家里还有女儿，不方便出门，再说了不是说不允许聚众吗？可是那帮朋友在电话那头呼唤不止，快过来呀，女儿都八岁了，还不会照顾自己吗？不能聚众？我们小范围聚一下不碍事，快点、快点。就这样，胡龙让女儿中饭自个儿弄点吃的，老爸有事要出去，说完，戴上口罩就脚不沾地地出门了。

中午，裘明伍炒了几个小菜，从床底下的箱子里拿出几瓶酒，四个人在推杯换盏中喝得很是尽兴，酒足饭饱之后就开始打牌。没多久，牌友和胡龙为了一张牌闹翻了，彼此从责怪对方乱出牌，到青筋暴涨地破口大骂，再到怒发冲冠拍案而起，唾沫星子都差点碰到对方脸上，桌上的扑克牌被震得四处乱蹦，几张牌掉到了地上。趁着酒兴，最后两人干脆甩掉手中的牌，扭打在一起。

裴明伍在边上不停地做和事佬，他说："哎哎，大过年的，只是玩玩，何必当真嘛，你们发出这么大的声响，可不要被正在巡逻的村干部听到，不能扎堆聚集，到时候麻烦大啰。"

在大家的劝解下，双方也熄了火，不曾想牌友又嘟哝了一句："娘们都守不住的人，难怪好牌会被打得这么臭，害我输了这么多钱！"

酒气未散的胡龙一听立即火冒三丈，抓起桌上的水果刀就往他身上扔过去。牌友见状赶紧躲到裴明伍身后，刀子飞过来的时候，裴明伍本想避开，把头一歪，谁知刀飞不长眼，锋利的刀口从他的眉弓划过到耳朵，顿时他的头部鲜血直流。裴明伍伸手一摸，耳朵被砍了一半。啊、啊、啊！他捂着耳朵，一阵惨叫……

（二）

法官向大家简单说明了这次调解的原由，说胡龙被判两年半，现在调解主要是赔偿（民事）问题，如果能够通过协商尽快解决的话，被告在服刑期间（刑事）表现好，就有机会早点出来。胡龙的女儿一个人在家，接下去马上就要上小学了，只有取得裴明伍的谅解，胡龙才有可能减刑假释。

胡江看了一眼对面沉默不语的裴明伍，说论交情他俩已有十几年了，经常在一起打牌喝酒。

"他是哥，害得我这个做弟弟的现在还得出面给他解决，真是硬着头皮没法子。"胡江顾自倒着苦水，"他自己穷得叮当响，有点钱就去喝酒，还要小搞搞（赌博），谁会给他钱呢？我家里条件也不好，这下好了，现在他的女儿在我家得我料理，我还有两个孩子要供养呢，要赔很多的话，我也出不起的，只能替他出一两千。"

"所以我没有起诉啊，这事我也不好意思开口提要求，但若赔我一两千的话，咱们就别谈了。"裘明伍闷声闷气地接过胡江的话茬。

"既然你们都是朋友，胡龙现在最放不下的是女儿，他希望能够早点出来照顾女儿，相信大家也都会理解。"吕大姐转身对裘明伍说："我可以先和你聊聊吗？"

吕大姐给裘明伍泡了一杯茶，徐献楼给裘明伍拉了一条凳子，让他坐下喝点茶，慢慢聊。

裘明伍捧着杯子，低头喝了一口水。他的手指头疙疙瘩瘩的，犹如老树根，手背上有很多白色散状的疤痕，大拇指的掌指关节明显隆起，拇指却微微翘起，弯得犹如一个括号扣在茶杯上。

"你不是永康人？"吕大姐问。

"我是四川人。"

"来这几年了？"

"十几年了。"

"多大了？你的老婆孩子呢？"

"五十岁了，我……我还没有娶老婆呢，没有钱谁会嫁我啊，再说了我这身体……"裘明伍眼睛紧盯着手里的那杯水，不停地转动杯子。他说话的声音本来就小，这会更是低了好几度。

原来裘明伍从小就身体不好，五岁那年在一场大火中死里逃生，致全身多处烧伤，留下大大小小的疤痕。他去年被胡龙的飞刀砍伤之后，脸上又多了一条刀疤，真的是浑身伤痕累累。

裘明伍歪着脖子指了指左脸，吕大姐和徐献楼这才看到，一道长长的疤痕横在他的左脸颊和眉毛骨处，耳廓边有一个小小的豁口。他又把手伸出来，说："因为患有类风湿性关节炎，天气一变化，我的手指头就疼得没法干活。现在重体力活根本没法做，再加上自己没有什么手艺，很多活不能做，工作更不好找，吃饭都要成问题了。"

"对这事，你希望怎样处理呢？"

"我？那要看他们的诚意喽，我还能怎样？听他弟弟说赔一两千，那就什么话也不用说了。"

"你一年能够赚多少钱呢？"

"顶多也就两三万吧。"

"你和胡龙都是朋友，他也不是存心害你。你想赔偿多少，可以和我们谈谈，希望通过调解协商取得你的谅解，让他可以早点出来，咱们都是为了胡龙的这个女儿，她才八岁呀。"

"我又没有告他，我也不想他被判重刑，如果有你们这样的好心人早点帮我们调解，就不至于这样了。"裘明伍伸了一下脖子，继续说："他这个人就是脾气暴、易冲动，老婆也是无法忍受才离开了他，但他唯独对女儿很疼爱，有了孩子之后他真的变了很多。"

"所以啊，我们看在他女儿的份上参与了调解，你能够顾及他女儿，说明你们交情还是有的。"吕大姐说。

"嗯……反正他弟弟说赔千把块钱的话，就不要处理了。"裘明伍口气又突然硬了起来。

"那你总得说说你的想法，我们好过去和他弟弟商量。再说了，也不是他说给多少就多少的。"

裘明伍双手抱胸，身子往椅背上靠了靠，把头扭过一边，一时无语。

"对了，你患有类风湿，我听说黄蜂酒效果不错的。"徐献楼看着裘明伍的手，插了一句。

"是的，这酒很贵，之前我喝过，效果是不错的，可我没有钱买啊。"裘明伍松开抱在胸前的手，伸出手掌，反复翻看满是疙瘩的手指头。

"那……黄蜂酒，我送你一瓶如何？一大瓶。"徐献楼伸出双臂在胸前划了一道弧线，做了一个大圆圈状。

"这……这怎么好意思呢？"裘明伍低下头，轻轻揉搓着双手。

"嗒，前几天我刚刚泡了好几大瓶黄蜂酒，你看看。"徐献楼一边说一边掏出手机，拿到裘明伍面前把视频打开。

裘明伍的身子往前挪了一下，伸长了脖子。几大瓶黄蜂酒在手机屏幕上晃动着，裘明伍看了一会，身子马上又往后缩了回去，双手捧起起杯子不吱声。

"怎么样？我送你一大瓶黄蜂酒，你也说说这事想怎么处理嘛。"徐献楼说。

"他是金华市人大代表，和你、胡龙都非亲非故，也素不相识，只希望你们尽快把事情解决了。"吕大姐心平气和地开导着，"再说，你条件困难我们都理解，他家也是，你与其什么都拿不到，不如说说你的打算，至少能够得到一些赔偿。"

"嗯……他以前被人打，人家都赔给他十几万的。"裘明伍轻声说。

裘明伍说的之前胡龙打架受伤，对方赔了十几万，其实这是胡龙和裘明伍吹牛时说的。胡龙曾撩起衣袖给他看，感觉自己像一个虽败犹荣的英雄，他吹嘘道："打输住院，打赢赔钱，我虽然输了，也不枉我受的皮肉之苦，钱要让他赔个痛快。"人家都赔他那么多，这个裘明伍记着呢。

"那要看对方条件啊，你想想，他家是什么条件？若胡龙很有钱，我们也不用在这里帮他调解了。现在把黄蜂酒送你，等你身体好起来了可以赚更多的钱啊。"吕大姐和徐献楼几乎想到了一块去。

"看在你们这么热心的份上，那就两三万……这总要的吧。"僵持了大半天的裘明伍，终于吞吞吐吐又小心翼翼地开了个价。

"那行，我去和他说说看。"吕大姐边说边起了身。

裘明伍垂着眼帘不吱声，不停地转动着手中的杯子。

（三）

"两三万？我现在就是一万也拿不出。"胡江一听，瞪大了眼睛使劲摇头。

吕大姐说："那你要想想办法的，刚才那位人大代表知道裘明伍有类风湿性关节炎，准备送一瓶黄蜂酒给他，他才肯开口。"

"要我拿出钱来，真的是没有，我之前说了若是一两千是可以的。"胡江摊开双手，满脸无奈。

"一两千？人家无辜受了伤，情理上也说不过去吧。你现在打电话去向亲戚朋友借一点，帮帮他，就说权当是为了她女儿。"

胡江不停地叹气、摇头，说胡龙喜欢交朋友，却是个好吃懒做、脾气暴躁、时常惹事的人，没娶妻前，就因为赌博罪、流氓罪、诈骗罪先后蹲过三次牢，后来和一个外地来永康打工的女人结了婚，育有一女。三年前老婆离他而去，回贵州娘家了。胡龙疼爱女儿，舍不得让她跟娘走，硬是把她留在身边，还说会照顾好的。现在亲戚朋友听说是胡龙的事，都不想理他，更别提帮他出钱了！只有他还顾及兄弟情。他们兄弟三个，胡江最小，胡龙是老二，上面还有一个大哥，本来大哥对他也很好，因为胡龙经常犯事，大哥数落他，彼此矛盾就多了起来，后来胡龙还扬言不认这个大哥，大哥就说以后胡龙的事他再也不管了……

"你们父母呢？"

胡江说父母已经去世了。胡龙尽管不务正业，还经常寻衅滋事，不过对孩子还是是很上心的，女儿出生后脾气也好了很多。这次出事后胡龙第一时间想到女儿，还哭着反复交代胡江要照顾好她。胡江说自己心软，看在这孩子的面上才出手帮忙的。

吕大姐说："咱们都是为了孩子，所以得帮他。还有，你向他们筹钱的时候说话要讲究方法。这样吧，你先给大哥打个电话问问。"

胡江起身出去，在走廊上打电话，但很快就回来了，把手一摊，很无奈地说，真的是借不到，这是意料中的事，他们都说没钱，只有大哥愿意给五千元。

面对这个无可奈何实在"挤"不出钱的胡江，吕大姐沉思了片刻，好像想起什么，突然问："你们邻村有个办厂的人叫阿木的认识不？"

胡江愣了一下，说："不太认识，但听说过有这么一个人，他哥哥我倒是认识的，胡龙应该认识阿木的哥哥。怎么说？"

"他一向是个热心肠，我问问他看，看他是否愿意帮这个忙。"

吕大姐说罢就拨通了阿木的电话，将此事的来龙去脉说了后，阿木在电话那头说，你吕大姐开口的事，冲这个小女孩，他一定帮。

挂了电话，吕大姐说："怎么样？你向亲朋好友再筹一点吧，咱们把这事早点解决掉。"

"反正我是借不到钱的。"胡江泄气地说。

"你打电话再向亲戚借一点，把我们的意思和你大哥也出了钱的事和其他亲戚说说，你看这么多与他非亲非故的好心人都是看在这个八岁孩子的面上在帮他，你就不能再试试？若这样咱们就不用谈了！"吕大姐看他无动于衷的样子，从座位上蹭地站了起来。

"好、好、好，我再试试，我再试试。"胡江听吕大姐口气重了，觉得自己作为被告的亲人，若不再去想想办法，实在对不起这些贴了一大瓶黄蜂酒、贴了钱、又贴了时间的好心人的一片苦心了。

"你拨通电话，我来说。"吕大姐盯着胡江说。

经过一番讨价还价的拉锯战，调解总算有了结果。胡江从他大哥那里再借来几千块钱。

想到裘明伍的实际困难，代表们决定以人大代表联络站的名义再救助一部分，但要胡龙写下欠条，出狱后归还。胡江连连点头。

在黄蜂酒的催化下，裘明伍在和解协议书和谅解书上签下了歪歪扭扭的字。

几天之后，吕大姐、徐献楼又去看守所（刑事拘留）看了胡龙，通过视频将调解结果告诉了他。

视频里，光头、穿着橘黄色马甲的胡龙，端端正正地坐着，戴着手铐的双手放在膝盖上，脸上是欣慰的表情。

"大家帮助你，完全是看在你女儿的份上，听说你自从有了女儿之后改了很多。现在通过大家的努力，取得了裘明伍的谅解，所以，你在那里一定要好好表现，争取减刑早点出来，从此好好做人，抚养女儿长大，这样才对得起家庭、对得起社会。"吕大姐一字一句告诉他，"联络站、阿木借你的钱，你出来之后自己赚钱还。"

胡龙流着眼泪说："我不会说话，不知道该怎么感谢你们才好，这么多好心的人帮我，我会记住的。"

吕大姐又交代："你要学会感恩，对得起帮助过你的人，记得出来之后首先感谢裘明伍的谅解，还要谢谢你的哥哥、弟弟，当然还有帮助了你的阿木、贡献了黄蜂酒的徐献楼。"

胡龙一个劲地频频点头，哽咽着，说不出话来。

断指讼

听到敲门声，正在调解室的林法官和吕大姐同时抬头，看到杨吉利站在门口，刚想问他怎么一个人来时，吉利转过身去，轻声叫道："妈，你也进来吧。"杨吉利侧过身，他们这才看到站在他身后的老母亲。

"笃、笃、笃"，杨吉利在母亲拄着拐杖，一头花白的齐耳短发，满是沟壑的脸略呈古铜色，两颊暗红，嘴唇紫得像茄子皮，身子瘦弱穿着花色羽绒内胆，背弯得如九十度的鞠躬，前倾的头差不多碰到了杨吉利的腰部。她使劲抬起头，让自己的脸仰起。

她进门后慢慢转向墙壁，把手杖小心翼翼地靠在墙上，手杖如倒"J"字，再缓缓地转过身，在杨吉利旁边坐下。

林法官看到他们坐下后就说，根据法院判决结果，该案难以执行，之前我们已做过多次调解，但都没有结果，今天人大代表吕大姐参与本次调解，希望能够成功。

（一）

一年前的一个下午，杨吉利骑着一辆破旧的雅马哈摩托去送货。快到城区时，手机突然响了，大腿被震得麻麻的，他歪了一下身子，一只手紧紧握住手把，一只手从裤袋里掏出手机，按下接听键。

"吉利，不好了！你赶紧回来！"电话那头传来母亲美月急促的声音。

"嘎——"一个急刹车，吉利在路边停下摩托车。

"噶——"身后传来一辆小汽车的紧急刹车声，随即车窗内探出大半个头，对着杨吉利大声吼道："你找死啊！"之后扭了一下车头，"轰——"地扬长而去。

"啊？什么情况？"路边太嘈杂，杨吉利根本没听到对方的怒骂，耳朵紧贴着手机，眼瞪得老大，张着嘴，满脸错愕。

"少华，少华的手被机器卷进去了！你赶紧回来！"

"啊？怎么会这样？"

"她说看到塑料袋被机器卷进去，就……四个指头都断了！"

"她傻不傻啊？怎么可以把手伸进去呢？为什么不先关机器或电源？"

"你就不要问了，赶紧先回来吧！"

"那……你们马上把她送医院，对！缙云田氏，那里离我们家最近，别等我，我直接去那边……没车？赶紧找人帮忙送一下啊！"杨吉利又交代母亲，别忘了把那几个断指包好一起送去。

杨吉利急匆匆挂了电话，将手机往裤兜里一塞，双手扶着车把手，猛地轰了一下油门，掉头就往医院赶。

杨吉利父亲名下的"龙月塑料制品厂"，其实就设在自家的院子里，厂里只有两台生产塑料袋的机器在运作，少华是厂里的唯一一个工人。与其说是工厂，不如说是手工作坊；与其说是老板，不如说是一人之上——这是杨的朋友喊他老板时，他自诩的原话。

"左眼跳财，右眼跳灾，怪不得前几天我的右眼跳个不停。"美月自言自语着，杵着拐杖，站在自家院子里的那台机器旁发呆。地上有很多血迹，机器就像做错了事的孩子一样，没有了声响，原本轰隆隆作响的院子安静极了。

出事时，美月听到一声惨叫，马上拄着拐从房间里出来，看到少华脸色煞白，高高举起左手，几个指头被碾得血肉模糊，还有两个断指连着筋……这下招来大麻烦了，一阵心疼和胸闷瞬间向她袭来，但不容多想，她当即拨通了儿子的电话。

（二）

少华一出院就找上门来了。她低着头，伸出中指明显短了两节的左手，做握拳状，无名指和小指怎么也弯不到掌心，就像搁在砧板上的鸡爪。

"我这手是废了，以后怎么干活呀。"她哭丧着脸对杨吉利说。

杨吉利不忍看那只畸形的手，把头扭过一边，说："医药费就用掉四万多了，我们只是小本经营，要不再给你八万，再多我也给不起了。"少华看杨吉利如此爽快，就没再说别的，只说回去和家人商量商量。

少华和杨吉利同村，她父母早逝，四十多岁了还没结婚，杨吉利不知道她回去是和谁商量。

几天后，少华又来了。她歪着头，垂下眼帘，左手伸到杨吉利面前，她说八万太少，至少十万。因为有人帮她打听过，像这样的伤势，如果打官司，可能还不止十万。念在同村人的面上，念及杨吉利在她受伤后，他们的态度都很诚恳，所以就十万。

"十万？这是开狮子口啊！"杨吉利把头摇得像拨浪鼓。

这时候，杨吉利的母亲拄着拐走过来。老太太指着自己的腰，说这十多年前腰椎间盘突出在医院手术，术后腿脚疼痛麻木没解决，倒是腰背痛了，腰椎手术没有成功医院也只赔了她五万块钱。

"那几个指头，难道比我老腰还金贵？"杨吉利的母亲有点不屑地说。

"对呀，你几个指头要赔十万，用脚趾头想想都不可能！"杨吉利有些不耐烦。

少华愣着，没吱声，她反复翻看自己残缺的左手，又看了看老太太，见母子俩没有协商的余地，就走了。

少华又来了。她把头抬得高高的，眼睛往上看，嘴角微微扬起。杨吉利不在家，只有老太太一个人在院子里。少华伸出左手，用参差不齐的几个指头指着老太太的腰，说："我问过了，你是自己本来就有病才去医院的，而我的指头本来是好端端的，这能比吗？若不给，我就打官司去！"

杨吉利的母亲拄着拐的手颤抖起来，"笃、笃、笃"拐杖在地上杵了好几下，厉声道："那你自己找杨吉利要去！"

（三）

杨吉利怎么也没想到，一向老实得如木头一样的少华，这次索赔却像一个精明能干的人。后来，有人告诉杨吉利，这次少华索赔，是"军师"——少华的相好出的主意。

杨吉利的夫人爱娟说，她既然有"军师"，咱也找个"军师"问问，到时候真的打起官司，我们也心中有数，万一赔的数额少了，那是咱没理，若是赔多了，咱也赔不起啊。

少华第四次上门的时候，依旧把头仰得高高的，左手在杨吉利眼前晃了晃，说若不按这个数赔，到时候她可要去打官司。杨吉利双手抱胸，也着眼说："我赔不了那么多，要不你自己去打官司好了。"就再也没理她。

"那……是你自己说的啊，让我去打官司。"临走前，少华扔下了这句话。

杨吉利的母亲听说要打官司，有点慌了，脸憋得淤紫，问若真的打起官司来该怎么办? 站在边上在儿媳妇说，妈，咱不怕，我去了解过了，这事少华自己也有责任，当初就不应该把手伸到切割机里，让她去告吧……

就这样，少华把他们告上了法庭。

其实，这个厂是杨吉利的父亲注册的，几年前父亲患上癌症去世，法人代表改为他的母亲，"龙月塑料制品厂"的经营者实则是美月。所以少华这次打官司，被告不是杨吉利，而是七十多岁的美月。

美月知道这事后，气得直喘气，若不赔，一把年纪的人还惹上官司，这些天来，她的腰就更弯了。

法院判决下结果，虽然少华在这起事故中因操作不当负有30%的责任，但除了四万多医药费外，还要赔十三万多。

杨吉利在这个厂本来就是做点小本生意，近几年原材料不断上涨，加之一些客户不及时付款，两年前他又被人借走十几万有去无回，如今又摊上这事，真是屋漏偏逢连夜雨。

（四）

少华戴着一副咖啡色的皮手套，把脖子上的大围巾往下压了压，紧抿嘴唇，看不出任何表情。跟她一起进来的是一个年轻的男子，男的说少华是他大姨，两人就一起并排坐了下来。

"少华，这位是金华市人大代表吕大姐，今天来调解你们的案件。"林法官说。

少华点点头，脱下皮手套搁到桌子上，伸出左手，说："你们看看，这手，以后怎么干活……"

"你……"坐在她对面的杨吉利抬起头刚想开口，法官立即伸出手阻止了他，对少华说："经过司法鉴定，你的伤构成九级伤残。"

"咱们还是先和被告谈谈吧。"吕大姐对林法官说。

美月缓缓起身，正要去拿靠在墙边的手杖时，杨吉利快步上前，抓起手杖递给了美月，四人慢慢移步到了隔壁调解室。

"听说之前你们准备赔她八万？"吕大姐问。

"是的……哎，一言难尽啊！"杨吉利叹了口气。

林法官说："你母亲已经七十岁了，身体又是这个状况，若不赔，按照判决，她要拘留的，可这又不现实，最佳办法是通过调解协商。"

"是的，我们当然希望能够妥善解决，不过最好是五万。"

"五万？起初说赔八万，她都不依，你现在还降到五万，可能吗……我们调解不是按照你们的想法来，而是大家都要换位思考，大家都得退一步才是。"吕大姐说着，看了看靠在墙边的手杖，又问："她这腰……不靠手杖可以走吗？"

"不拄拐杖走不远，现在脚也痛腰也痛，这腰直不起来十几年了，心脏又不好，医生说是二尖瓣关闭不全，现在年龄大了，还有骨质疏松症，背越来越弯曲……"美月站起来，脖子使劲往后仰，右手别到背后指了指腰，弓着身的她低矮得即便站着也让人感觉是坐着。

美月说自己就医失败后医院赔的五万刚刚到手，就有邻居来借钱，她便把自己的私房钱加上那五万全给他了，一共十多万，没想到邻居因为做生意亏了一直没还，后来就干脆躲债在外，多年来一直去向不明……

"法官、代表，她一个指头断了要赔十几万，你们看看我这直不起身的腰，我也有难处啊。"

吕大姐沉默了一会，就拿起手机拨通了电话："谢医生吗？这里有个病人，十多年前腰椎间盘突出手术后效果不好，现在腰背直不起来，就一直驼着，走路得拄拐……她今年七十岁了，对、对，和我年龄差不多。"吕大姐向医生介绍了美月的情况，说："对啊，我上个月在你那里做过针灸后，感觉效果不错，所以就想推荐到你那里看看……好像心脏不太好，你可不可以给她看看？我把你的联系方式给她，好不好？对了，她的医药费我来负责……"

"啊？这……怎么可以？医药费我们自己来出。"杨吉利赶紧站起来。

吕大姐打完电话，摸了摸自己的后背说："年前我也是腰椎间盘突出去谢医生那里看的，现在基本上没有问题了，他原来是省城的骨科中医专家，永康人，现在他回来开了个私人诊所，到时候你陪妈妈去看看吧。"

"嗯……吕代表，你帮我找到好医生就已感激不尽，怎么好意思让你来出钱？"美月感动得有些不知所措。

"先去看看吧，药费我负责。现在咱们先来说说赔款的事。"

美月看看吕大姐，又看看儿子，嘴唇哆嗦了几下，终是没说什么。

"我理解你们的难处，但她的手残了，她也是吃了亏的。"吕大姐继续说。

"是、是，我们不是不赔，而是她开的价太高。虽然她告的是我母亲，可是钱还是我出的呀。"杨吉利的表情有些复杂。

"法人代表是你母亲，如果拘留她，情理上说不过去。再说拘留不过是一种手段，只是为了促使你们尽快付款。若拍卖厂里的机器，会影响你们以后的生活，这些我们都考虑过了的。"吕大姐坦诚地说，"看得出，你是孝子，实际经营的其实还是你，所以这些钱只能你赔，你这也是为自己的子女们树立诚信负责的形象啊。"

"嗯，是的……"

"那赔款数额可不可以在八九万呢？"

"代表、法官，我知道你们是为了我们好，可我家目前实在很困难……要不我把这个十几万的欠条给少华，让她去催，能够讨回的话就全部给她！"

"让她去讨债？亏你想得出来！换了你，愿意吗？"吕大姐瞪了一眼杨吉利。

"你刚才说的欠款，法院倒是可以帮你考虑一下，这些资料交给法院，在合适的时候，我们帮你看看。"林法官沉思了片刻后对杨吉利说。

"那真是太好了！"杨吉利赶紧起身表示感谢。

"你考虑一下，我说的这个数。当然我也不知道那边是不是愿意，等一下还要过去做她的工作。"吕大姐说。

"那……也只能这样了。"杨吉利看了看美月，又看了看吕大姐。

（五）

吕大姐和林法官回到原先的调解室，少华的外甥马上站了起来，问："怎样？他们怎么说？"

"实际情况你们知道的，龙月塑料制品厂经营并不理想，仅仅是两台机器而已，其实你们已经错过了最佳调解时机。"林法官说，"那时候对方说可以赔八万，你大姨不愿意。"

"我大姨耳根子软，听其他人说……"外甥的声音突然低了下去，看了一眼大姨，"他们说赔这么一点钱不够，打官司赔的钱更多，所以她就要求十万，可对方又不愿意，再后来就是现在这样了。"

"我们帮你们分析过，虽然法院判下来了，但这个案子执行不了，这官司有效果吗？"

"是的，我们也没有想到。"

"现实一点，原来就说好的八万是不是可行？"

"不可以，法院明明判下来有十三万的……"周少华又摘下手套，露出断了两节中指的左手，在吕大姐面前晃了晃。

"十三万，你可以拿到手吗？如果可以，还需今天来调解？"吕大姐反问道。

"大姨，你别急，先听代表和法官们说。"

"还有，如果判下来的钱拿不到，法院就是去厂里把机器拍卖了，也不值几万，更是伤了和气，人家也有难处。她老人家驼背，有心脏病，走起路来都不方便。降低些赔偿要求，总比一分都拿不到强啊。"

吕大姐说得句句在理，周少华低头不语，又把手套戴了回去。

"将心比心，他们一个小厂，生意现在也难做，你们说说看吧。"

"既然之前八万没法达成，那八万五也行。"外甥说。

"能不能让他们再加一点？"周少华抬起来头，看了看外甥。

经过协商，最后赔偿八万六。

"我真的很感动，为这事儿，你们做了这么多工作，既了却了我的心事，又替我找医生看病，林法官还说帮我们看看那欠钱的事能不能要回。谢谢你们，谢谢！"母子俩对法官和吕大姐连声道谢。

"本来我也不抱什么太大希望，现在知足了。"签完字后，周少华也真心实意地说。

本是一家人

（一）

上香、敬酒、默哀、鞠躬……灵堂前弥漫着一股香烛味，司仪面对遗像口中念念有词："施荣赐，您在天堂保佑后代们家庭和睦——子孙满堂——家业兴旺——"，他把每句嘱托的尾音拖得老长，继而转向披麻戴孝的人群……

人群中的施军对着父亲的遗像深深地鞠了三个躬，眼圈慢慢红了起来，其实老爷子走完了八十九个春秋，在农村算是高寿了。

不知何时开始，原本说一不二的父亲，家中的大事慢慢地由施军接管。虽然这样，父母在的时候，他好歹有商量的人。父母是我们走向生命终点的防火墙，如今，这个防火墙没了，我们就是孩子们的防火墙了。

施军看看二妹桂兰和坐在轮椅上的三妹桂仙，再转过去看看侄儿、侄女还有背后那一群外甥、外甥女，又瞟了一眼站在他身边的珊珊和阿德，不经意地皱了一下眉。他想起父亲临终前的嘱托，务必照管好这个大家庭……

施军是长子，兄妹五个。珊珊是施军的弟弟施洪的老婆，阿德是施军大妹施桂芳的丈夫，他俩居然在施军的母亲去世还不到一年就结婚了。一个家就像一串珠，父母是串珠的线，他们走了，线就断了，珠子也就散了，兄弟姐妹们将以亲戚的关系而存在。如今，他和阿德、珊珊夫妇，又以什么样的关系存在于他们这个大家庭呢？

葬礼结束后，珊珊和阿德问及老爷子留下的那笔十几万的款子怎么处理，施军没作声，眼睛也没有看他们一眼。

葬礼过后没多久，施军的夫人发现珊珊和阿德都不在施家群里了，她问施军，他俩到底是不是咱家的人，是他把他俩移出去还是他们自己退出的，施军让吕老师别理他们，有他们没他们又不影响我们什么，咱自己过好自己的日子就是。

父亲去世的第一年春节，施军和夫人吕老师回老家时路过大礼堂，村里人一溜烟地坐在礼堂前的长椅上，太阳晒在他们身上，在暖洋洋的氛围里，聊着家长里短。

"人民教师嘛，知识分子姿态应该高一点，不能和他们一般见识。""就是嘛，都是有退休工资的人，哎，老师就是太较真，不过他们一家人都计较……"

突然，有人看到了施军夫妇，聊天戛然而止。施军感觉礼堂前的阳光顿时像针芒一样扎在身上、刺在脸上。

施军夫妇假装没听到，径自走到自家老宅门前，却见墙上用鲜红油漆涂写着"人民教师贪得无厌""一家都不是好东西"等刺眼的字，更不堪入目的是，"不要脸"三个字外还画了一个红圈圈，像极了拆违建筑上的警示。

吕老师脑袋发胀，一阵眩晕后差点倒下去。她勉强支撑着身子，无力地靠在门前，伸手去拉门把，却见上面又加了一把崭新的锁。"一定是他们搞的鬼!"吕老师忍不住朝隔壁那间房屋啐了一口唾沫。

父亲临走前的那些话犹在施军耳边回旋，他顿感鼻子酸酸的。"你弟妹施洪和桂芳走在我之前，白发人送黑发人，让我不得安生，你要多操心，小妹桂仙身体残疾，一定要多关照，还有你弟妹的孩子们都还小，家和万事兴，你要作表率……这十二万元，你负责处理，你是长子……"

（二）

"那两个男盗女娼的，什么德性，看看，又在说我们贪财心黑，还说枉是为人师表……"吕老师一边在手机上刷屏，一边愤愤不平地说。吕老师刚刚刷到一个抖音，身后是施家老宅，阿德边走边说："我身后就是为人师表的施军夫妇，贪污了父亲留下的财产，要找补的钱至今未给……"吕老师被气得直喘粗气。

"你别理他们就是!"施军虽然也很恼火，但还是耐心地劝慰着妻子。

吕老师把手机往沙发上一扔，像熄了火一样不吱声了。

施军叹了口气，挥了挥手，一屁股坐到沙发上，也没了脾气。

施军本来已退休在家安享晚年，可家长里短的事，总是让他不得安心。特别是看着日渐憔悴的妻子，医生曾叮嘱他要好好照顾，否则她的抑郁症会加重。他摇了摇头，轻轻地拍拍她的肩膀，说："哎，委屈你了，我有什么办法呢? 都是自家人。"

"都是自家人? 我看他俩就没有把我们看成自家人!"吕老师

耸了一下肩，扭了一下身子，推开肩膀上的那只手，继续倒着心中愤懑："雁过留声，人过留名，他俩这样搅和，我们在村里人的面前都抬不起头了。"

"早点睡吧，别忘了吃药。"施军一边说一边拉开抽屉，拿出安眠药，又倒了一杯开水。

搪瓷杯上印有鲜红的"人民教师光荣退休"字样，这杯子是十七年前他退休时单位送的，搬了几次家，杯底被磕碰到的地方油漆剥脱露出了铁皮，都已经上锈了。虽然永康盛产各种保温杯、玻璃杯、塑料杯，如今，比这个不知道要漂亮几倍的杯子多了去，可他都舍不得扔，他觉得只要不漏水就可以用。

施军用手背试了试杯底的温度，轻轻地晃荡了几下，然后递给吕老师，他身后墙上的挂钟，时针和分针都正好指向十点。

吕老师吃下安眠药，洗漱后就躺下睡觉了。

施军走到阳台上，从裤袋里掏出打火机，点燃一支烟，狠狠地吸了一口，烟头忽明忽暗，往事又历历浮上心头……

这些年来，弟媳妇和大妹夫在村里四处嚼舌头，还在家族群里互相诋毁，本是自家人，却像是施军的死对头。吕老师自然不爽，干脆也退了群，这个心结让她越想越气导致失眠，一年前医院诊断为精神抑郁。

珊珊和婆婆一直相处不好。有一次她与婆婆吵架时竟出言不逊，骂婆婆"老不死"！婆婆也毫不示弱，回道："老不死倒好，就怕没老就死了！"珊珊也没打算让步，毫不留情地扔出狠话："那是说你的儿子！"

"你、你、你……"婆婆气得说不出话来，一只手指着珊珊，一只手不停地拍摸自己的胸口。

母亲每次和施军兄弟俩说起这事就耿耿于怀。谁也没料到，婆媳俩的那场怒怼竟一语成谶。

2005年夏天，施洪因车祸身亡，时隔不到半年，桂芳也因病去世。一年之内儿子、女儿先后离去，母亲悲痛欲绝，一病不起，第二年冬也撒手人寰……

不知道有多少次，施军看到珊珊那副胡搅蛮缠的样子，一听到她毒舌里蹦出来的毒言，就恨不得上去抽她几个大嘴巴，只是忌惮自己人民教师的身份，才使劲遏制住了冲动，只能捏紧拳头，牙齿咬得嘎嘣响。

施军父母在世前就给他们兄弟俩分了家，两老住的两间半老房，一分为二，一份是一间，一份是一间半。老爷子说施军城里有房，退休后不太可能回村里住，而施洪家在农村，就准备那一间半的份额留给施洪，一间给施军，到时施洪得补两万元给施军。当时，施洪拿不出那么多钱，就换了一种分配方式，并在《分家约》里写明：施军分得一间半房子，补施洪两万。至于房子的使用权这得是两老过世之后的事。

两老去世后，按理施军应按《分家约》上的协定补给施洪两万，但他觉得弟弟已经去世，再加上弟媳妇做的事让他不爽。还有珊珊居然还说老爷子留下的那笔钱她也有份，施军就没准备搭理她，特别是她退出了施家的微信群，这不就摆着他们要脱离施家的意思吗？反正弟弟已经去世，反正你俩都不是施家的人，这个钱给你也是白给。

特别是珊珊和阿德后来的表现相当不好，还四处说他们的坏话，致使吕老师夜不能寐，心情抑郁，不得不去看心理医生，但也没有多大起色。吕老师的心病还不是他俩搅和的吗？

吕老师心中的怨恨与日俱增："要分老爷子留下的钱？！没门！我还要告他们！"

"怎么告？"施军听后甚为不解。

"就告她侵占我们的老宅，她不是把我们的老宅加了锁吗？这样村里的干部才会重视，否则被他们污蔑，冤无处可伸，只有娄子捅大了，才能解决！"

让施军没想到的是，这起官司非但没解决问题，反把双方之间的矛盾加大、加剧了。

深夜的阳台上，没有一丝风，施军捏着小半截烟，尽头的烟灰挂得长长的，久久不落。

（三）

参与这起纠纷调解的，除了法官，还有人大代表吕大姐和村干部。施军细想吕大姐说的那些话也不无道理，可是，这事如果摊到你们头上，会怎么样呢？多少次，他想问，但没有说出口。

吕大姐说都是自家人，打断骨头连着筋。施军并不是不懂这些道理，可他与珊珊和阿德没有半点情份，他俩好上后在母亲去世那一年就正式结婚了。自己一手操办家父的丧事，本来合情合理处理了那笔钱，却被那两个刁民认为是贼！这让施军夫妇是无法忍受的，现在他们告珊珊和阿德侵占他们的财产，法官说这个案子没法判，这本在施军的意料之中。

"父亲临终前的托付，我长子难道不能主持施家的公道吗？"施军甚为不服，"弟弟已经去世，况且珊珊在我父亲病重时，没有尽到做儿媳的责任，而且之前对我母亲恶毒的诅咒，我是不会原

解铃人　163

谅的。"

还有，珊珊和阿德居然在长辈过世还不到一年就眉来眼去并结婚了，于家庭的礼数不到。

还有，珊珊和阿德自动退出施家群，这样岂不是承认他们不是施家人了吗？

还有，既然两个妹妹在房子分配上没有得到丁点好处，家父的这笔钱分她俩一点也不为过啊。因为二妹在父母生病期间，基本上是她在照顾，她最辛苦；一半给残疾的小妹，因为小妹身体残疾，家里条件又不好。

再说，父亲交代过，这笔钱他有权如何分配，而且这十几万全部花在父亲治病、火化、殡葬、请客、回礼，七七八八的殡葬的费就用得所剩无几了，钱他分文未拿，因为他们有退休工资。

"从法律上看，这样做确实有些欠妥，"法官说，"你说是父亲让你负责处理，可又提供不了父亲的遗嘱。在法律上，子女都有继承权。"法官把相关法律讲解给他们听，"再有，他们并没有侵占你的老宅，所以你们的诉求，证据不足。"

"都是一家人，你做大哥的，吃亏点就吃亏点，别和他们一般见识。"吕大姐从情理角度切入，"你看，你们把子女都教育得这么好，儿女这么有出息，一个在上海，一个在国外。可是为了这点小事，吕老师还得了抑郁症，不值得，我们这样的年纪，身体最要紧啊！"

"我真的不是为了钱，补房子的两万我也从来没说过不给。"施军说，至于珊珊她要瓜分老爷子那笔钱，想当初她是怎么对待我父母的，现在还好意思开口？如果她对我父母好点，父母可能还可以多活几年，这些钱都给她，我都没有意见！可是，他俩是什么德行啊，还有，阿德他也要来分，更是想都甭想！

（四）

得知施军他们起诉，珊珊不由得怒火中烧。

"他们居然还告我，这真是猪八戒倒打一耙！"珊珊连珠炮似的诉说着她的苦楚。

二十多年前，她是一个来永康打工的外来妹，成了施军的弟媳妇。当初施家都反对，嫌弃她是外地人。她自己觉得走在街上也是一个回头率蛮高的姑娘，凭什么受这份气？

据说婆婆的第一个理由是听不懂她说的普通话，沟通不方便，"他们施军家的儿媳妇还是外国人呢。这根本就是借口，就是瞧不起我！"还有公公婆婆留下十几万，说出殡已用得七零八落，没剩下多少，你施军从没把详细的账目给我们看过。要是施洪还活着，这笔钱他会这样处理吗……"

那天，当村干部和吕大姐找到珊珊时，她劈里啪啦地"控诉"着，根本刹不住车——

第一，他虽然是长子，但无权私自处理那笔遗产；

第二，她是施家的儿媳妇，虽然前夫走了，但他们也有儿子，也是施家的香火，这，在法律上有继承权的吧；

第三，这笔钱的用处都去了哪里，没有公开；

第四，他们根本没有侵占老爷子留给施军的房子，这是诬告，大家过去看看就知道了；

第五，如果他说那笔钱自己没有拿，都给他的两个妹妹了，那么她现在的丈夫，施家的大女儿也有孩子，那是施家的外甥，也应该有份啊。

"我的要求是，他们首先要撤销起诉；其次，老爷子留下的那笔钱，我和梅舍德（阿德）合起来等于两户人家，无论如何也要分到一半。"珊珊用右手逐一掰开紧握的左拳头，一、二、三、四，直到最后一个小指头伸直，张开的手掌反过来、翻过去，前后伸缩了好几下。

"吕大姐你还劝我，那些事都已经过去了，那些气话，记着干嘛。我本不想记得，可是一想起施军，一副正人君子的样子，而骨子里根本不是那回事！"珊珊满肚子委屈，似乎找到了出口，一发不可收。

"别以为他是长子就可以肆意妄为，我珊珊虽然是外来的媳妇，但也不是好欺负的，如果我们没有继承权的话，那他把老爷子的遗嘱拿出来呀。如果没有，就是违法！我还没有起诉呢，他们倒起诉我来了，真是岂有此理！"

还有，他说殡葬花费不少，其实亲朋好友的红包加起来已经绰绰有余，谁不知道那些钱被他们兄妹几个瓜分了，还有家里的《分家约》应补给她的那两万，施军到现在也没有给，老爷子去世之后，估计他们就想赖账了啊。那两万加上老爷子剩下的钱，他们应得的份，合起来这五年的利息算算也不少了吧。太欺负人了！欺人太甚了！！即便她是外人，那么她儿子算不算他们施家人？

珊珊事后想想，庆幸自己当着吕大姐和法官的面，脑子一点也没有糊涂。至少他们也觉得她不是没有理的，只是不能开狮子口。

（五）

文化礼堂门口右边的橱窗上，党旗鲜红，"不忘初心，不辱使命"几个大字异常醒目。礼堂呈回字形，左右两侧各有几个房间，大门正对隔着天井有个大戏台，早年村里做戏都放在那。前几年，村里把天井重新用鹅卵石铺过，缝隙里长着细细密密的青苔，天井四个角落各摆放着一盆硕大的铁树，几只麻雀蹦蹦跳跳，时而到铁树上栖息，时而到天井中觅食。施军和吕老师走过去的时候，那几只麻雀扑簌簌飞到天井的屋檐下，站在瓦缘上叽叽喳喳地叫着。

施军自从那年春节回来过一趟之后已有四年没回了。文化礼堂是人民公社时候的大会堂改建的，小时候，施军和弟妹们经常到这里捉迷藏。有一次，生产队分番薯，施洪想偷偷地多拿一块番薯，被生产队的记工员发现，差点吵了起来。施军当着大家的面把弟弟训了一顿，并向记工员道歉，说小孩子不懂事，希望原谅他这一次。其实那时施军自己也还是未成年的孩子，想起早逝的弟弟，施军不觉怅然。

施军进得门来，看到左边房间的门开着，法官和吕大姐还有村干部早已经坐在那里了。看到施军夫妻俩过来，吕大姐就指着对面的房间，让他们先去那边等等。

珊珊来得稍晚一些，身后跟着一个二十来岁的男孩——阿威，浓眉大眼，留着小平头，个头挺高，穿着一件淡兰色的卫衣，胸前的图案是踩着风火轮的哪吒。阿威的眼睛和她母亲一模一样，眼皮的褶皱有很多层，浓眉又和施军像极了，眉尾有点往上翘的那种，显然是他们施家的显性遗传。

几个过来调解的人齐刷刷的眼光看着阿威，他顿时腼腆起来，手插在裤兜里，不好意思地低下了头。

吕大姐让珊珊先回避一下，想单独与阿威谈谈。珊珊迟疑着，阿威朝她使了个眼色，她才起身走到礼堂的戏台边，自个儿玩起了手机。

"今年多大了？"吕大姐问。

"二十二了，刚大学毕业。"

"你大伯和母亲在打官司这事知道吗？"

"知道。"

"你对这事怎么看呢？"

"我觉得我母亲太计较，为了这一点钱，搞得一家人不安宁，不值得。"阿威很直率，说他曾劝过母亲多次，如果他今年找到工作，那点钱不用几个月就可以赚到。可是她听不进，老觉得他们欺负她，把她当外人，还说什么这钱是给他要的，因为他是施家的人，其实他哪在乎这点钱？说着，他往门外张望了一下，又马上就收回了目光。

"那你怎么看大伯他们呢？"吕大姐继续问道。

"大伯一家本来很幸福的，他们有退休金，不差这么一点钱，说来说去，都是为了一口气吧。"男孩说，其实小时候大伯、大伯母对他很好的，只是因为母亲与奶奶爷爷之间不和，关系就慢慢淡了。

"今天你伯父伯母都过来了，就在那边，我带你过去一下？"吕大姐转身指了指门对面说。

"这……我……不会说话，我也不知道说什么呀。"阿威犹豫了一下。

"他们毕竟是你的长辈，叫一声伯父、伯母就行，不会说，那就啥也别说,可以吗?"见阿威没再说什么,吕大姐他们就站了起来。

阿威低着头,跟着吕大姐来到了对面的房间。

看到施军夫妇,阿威刚开始有点不知所措,但很快就回过神来,走上前去怯怯地喊了一声:"大伯、大伯母……"

施军和夫人愣住了,两人很快对视了一下,随即起身,吕老师一把把阿威拉到怀中,哇地一声哭了起来,哽咽着喊着男孩的乳名,喃喃道:"豆豆,都是自家人,咱们可都是自家人啊……"

豆豆也"哇"地哭了起来,三个人紧紧地抱在一起。施军默默地流着泪,吕老师早已泣不成声。

剧情出乎意料,大家都被眼前的这一幕惊住了,眼圈也情不自禁地跟着红了,吕大姐更是没忍住,她掏出纸巾擦拭着眼泪。

(六)

走出文化礼堂,吕大姐觉得自己这些天来的暗中使劲没有白费,而且找对了切入点,让珊珊的儿子过来的决定是正确的。特别阿威说得很客观,能听从劝告,还主动上前叫大伯、大伯母,这份久违的亲情终于让双方冰释前嫌。

"这下吕老师不用再吃安眠药了。"吕大姐甚是欣慰地想着。

"吕大姐,你说幸好找来了豆豆,不过,我觉得是你自己掏腰包替施军付了六千元是关键,否则,这事没这么好办。"村干部还在讨论着案情。虽然施军他们不差钱,可珊珊说老爷子的那笔存款阿德那一份也必须给,施军却死活不同意,"这下好了,你非亲非故花时间给他们调解的人都倒贴钱了,他们也不好意思不给了呀。"

"两家和解,我出得也值了。施军夫妇不是在谈的时候就明确表态了吗？他答应只给珊珊六千，而且明确这是给侄子的，而珊珊要求是一万两千，言下之意是珊珊一份、阿德一份，他们两户人家的份额要给足，否则这事还谈不拢。我给他们出了六千，权当做慈善了。你看吕老师都患了抑郁症，这样的人容易想不开。我知道施军夫妇的心结所在，站在他们的角度，也不难理解。再说，你们也一直都在做他们的工作，否则这事哪能成啊。"吕大姐说。

"对了，你们还得和珊珊夫妇说一下，抖音上的视频删了，微信里面也不允许再出现伤人的话。也不要说这六千元是我出的，还有，别忘了去把涂在施军老宅墙上的那些标语洗刷掉！"临上车前，吕大姐还不忘与村干部交待着后续必须要做的事。

　　注：参加本案调解的人大代表有吕月眉、徐献楼、胡子贵。调解事成之后，胡子贵还写了一首打油诗：

父母遗产二处房

丧葬遗留难商量

你争我骂俗到家

惊堂一啪还未完

法院同志负责任

邀请代表把事圆

情法兼顾双方欢

二代亲情哭断肠

此案调解意义深

忧郁病人笑开颜

秋菊本不想打官司

秋菊每次撩起袖子，手臂上的那道伤疤虽然时时发痒，却在她的心口隐隐作痛，令她想起几个月前不堪回首的那一幕。

（一）

那天下午，正在家里搞卫生的秋菊，接到一个陌生来电，说她有一个快递，让她下来取。秋菊打开淘宝看了看，奇怪，自己这几天没买过什么东西呀，是谁寄来的？

秋菊匆匆来到楼下，低头找楼梯口的那些快递，突然后背挨了一记闷棍，她本能地抬起手挡了一下从头而降的棍棒。

在混乱中，秋菊看见一个熟悉的身影窜出来，是丽君！跟她一起的还有几个人同时冲上来，棍子和拳头冰雹似地落下，把她打倒在地，来者一边打一边骂："你这个货，现在让你尝尝滋味儿！"秋菊一边喊"救命"，一边拼命地试图挣脱围殴……

秋菊出院后，手上的伤疤还在隐隐作痛，胸口也是，因为睡眠不好，人整天昏沉沉的，憔悴的脸上黑眼圈特别明显。虽然还不到五十岁，但几个月下来感觉自己明显老了。不过五官还是非常精致，依旧可以看出年轻时的美貌。

（二）

这天，秋菊来到法院，进调解室刚刚坐定，吕大姐就过来给她倒了一杯水。秋菊什么也没说，只是神色恍惚地看着窗外。

秋菊和丽君之间的交情算起来已经有二十多年了，她还是丽君夫妻的媒人呢。秋菊的丈夫常年在外做生意，丽君就经常邀秋菊一起小聚。有时候，商场搞活动打折，秋菊也要拉上丽君一起去。

三年前，丽君说自己胖起来了，说罢还拉上衣服捏了捏自己的肚皮，又摸了摸秋菊的腰身，说现在体重暴增，自己去年和丈夫到银泰买的裙子，根本塞不下了，就是后背比较露，这么好看的衣服放着浪费，让秋菊试试。

秋菊穿上裙子，来到客厅转了一圈，问丽君好不好看。这时，丽君的丈夫回来了，看到自己买给妻子的衣服穿在秋菊身上，他的眼睛一时没有挪开，丽君便开玩笑地说他的眼神好像很痴迷啊，秋菊的脸刷地一下红了起来。他俩彼此的表情是丽君留心他们的开始，也是丽君后来指责秋菊是小三的缘起。

自那以后，秋菊就很少去丽君家。丽君的老公前两年因为生意亏本，欠下不少债。有一次她发现老公的手机转了秋菊一万块钱，就此更加断定他们之间有问题。丽君认为原来丈夫说生意亏本，是假的，钱被这个妖精骗走才是真的。尽管老公和她解释，这笔钱其实是几年前他向秋菊借的，但丽君无论如何都不相信。老公说她是更年期综合征，疑神疑鬼，有一次还动手打了她。丽君一气之下，打电话给秋菊的老公，让他把自己的老婆看住……

去年，秋菊的老公提出了离婚，理由是秋菊与丽君的丈夫有染。后来秋菊才知道，其实他的老公要离婚是因为他自己在外面有人，说秋菊和丽君的丈夫关系不正常，只是一个借口罢了。

吕大姐看秋菊心不在焉的样子，就和她聊起家常。

秋菊说她爱的还是自己的丈夫，可是现在婚也离了，还挨了打……满腹的委屈一次次涌上来，泪水顺着她的脸颊涮涮往下流。

吕大姐递给她纸巾，又给她倒了水，让她先喝口水。待她情绪稍稳定之后，吕大姐便问她有没想过，接下去通过什么方式来解决。

秋菊撩起衣袖，指着手上的那道伤疤，苦笑了一声："不是说了吗？让对方赔偿我人民币三十万元降为二十万元，其他法院该怎么判就怎么判，该坐牢的都坐牢去好了。"

（三）

丽雯是丽君的姐姐，姐妹俩不仅人长得像，性格脾气也很像。

当丽君一把鼻涕一把泪地对姐姐说，前两天丈夫又打她了，丈夫是因为爱上秋菊而对她下手这么狠的。姐妹俩越说越激动，一个说要去问问秋菊，她到底怎么想的。一个说，她怎么想，会和你说吗？她还告诉你我要和你老公结婚？算了吧，要不就直接揍一顿再说，给她一点颜色看看，偷别人的老公没有那么便宜的事。

姐妹俩正说着，丽君的儿子鹏宇回来了。这一年来，父亲三天两头和母亲吵架，其中原由他早已有所耳闻。本来和睦的家，被这个"小三"搅得不得安宁，看到母亲如此受委屈，他把指头掰得咯咯响。三人越说越气，便如此这般地计划着好好教训一下这个"小三"。

他们说，要跟踪秋菊没有时间，也不知道她什么时候回家、什么时候出门，想来想去，鹏宇想了一个好主意，这样就不用受时间限制。他还让的哥儿们出来帮个忙，这样打电话时秋菊听不出是谁的声音，也就不会起疑心了。

在调解室内，丽雯沉着脸，坐在她旁边的鹏宇不停地掰着手指，发出咯咯的声响。

人大代表胡子贵一坐下就说："你们俩不用脑子想的，这种打人的事情也干得出来，万一她被你们打得有个三长两短，那你们可不是像现在这样坐在这里了。"

"妹妹受了委屈，我做姐姐的替她出出气。"丽雯虽然觉得这事搞到这个地步是有些难堪，可一想到吃了亏的妹妹，做姐的难道不拔刀相助？

"对啊，她破坏了我们家庭，我妈妈岂不是吃亏了！？"鹏宇握着拳头"噌"一下从座位上站了起来。

吕大姐示意鹏宇坐下。"小伙子别激动，咱们现在是过来调解的，我和你们都素不相识，哪一方我们都不偏袒。再怎么说，你们使用武力是不行的，即便有理也会变得无理！"

"为我妈的事我就是去死也愿意！"鹏宇坐回椅子上，侧着身子，紧捏着拳头搭在膝盖上，有些恨恨地说。

"你以为这样就是孝顺？"吕大姐问道。

法官也紧跟着说："你们考虑过后果没有，打人致伤，她的伤势构成轻伤，你们不仅要赔钱，还要坐牢！"

"道理我懂，我们当时是一时冲动，没有想那么多。"丽雯拿出纸巾，擦了擦眼泪，她说丽君现在还在看守所，姐妹两家人都不得安宁，事情已经这样没有办法挽回，她是当事人，只能替妹妹出面，鹏宇这孩子还小不懂事。

"做姐姐的，本来应该劝劝她才是，你倒好，还成了帮凶，他们之间的事你本来就无权插手。退一步，若秋菊和丽君老公真的有事，丽君应该找她自己的老公啊，你们找秋菊有用吗？"吕大姐直率地说，"现在事情已经闹成这样，你们权当花钱买个教训吧，这个赔款是少不了的。"

"可是要二十万，我们也出不起啊，我和丽君本来就不富裕……"

"对啊，我妈在看守所，我还没有找到工作，我爸么……我也不想提到他，再说他赚不了几个钱，怎么赔？"鹏宇接过丽雯的话茬。

看鹏宇盛气凌人的样子，吕大姐的口气重了起来："你是父母的孩子，即便是你父亲和秋菊之间真有什么事，从伦理上说，你有资格去指责她吗？要指责也得指责你自己父亲呀，你有什么理由去打秋菊？"

"今天她能够过来调解，也是心肠软，否则她不过来凭法院判决就是。可是这样对你们有什么好处？其实她要的也不只是赔钱，而且要一个理！"吕大姐直接点出了鹏宇的问题，"你现在还小，涉事不深，大人的事，让他们自己去解决，让法律来解决问题，而不是靠暴力，否则吃亏的还不是你自己！"

"打架输了要住院，赢了得坐牢，这句话你不知道吧。我再加一句，赢了不仅要坐牢还要赔钱，你以为打架这事很好玩吗？"接着吕大姐的话，胡子贵也直白地道出了一个事实。

"秋菊看着你长大，你曾经喊她为阿姨，怎么下得了手？还叫上你朋友，真是错上加错，害了自己不说，也害了你的朋友。如果秋菊非要告你去坐牢，你的人生就留下了一个永远的污点，找工作、娶媳妇都要受影响，包括你的那个朋友，这些你考虑过没有？"

吕大姐的一番话，对鹏宇来说犹当头一棒，他慢慢低下了头，全然没有了之前的蛮横。"我是因为我妈太委屈，没想那么多……"鹏宇转过身来，搁在桌子上的双手紧紧地握着。

（四）

"之前的恩恩怨怨都不说了，我被他们一家'栽赃'，又拆散了我一家，还把我打得伤成这样，你说，这气谁受得了。法院该怎么判就怎么判吧！"秋菊把头扭到一边。

"你有几个孩子？多大了？"吕大姐看似乎谈不下去了，就转移了一下话题。

"两个，大的是女孩，二十二岁，读大学了，小的是男孩，现在读小学六年级，去年丈夫和我离婚后，两个孩子都我自己带。"

"孩子学习还好吧。"

"嗯，他们两个学习还不错的，女儿快大学毕业了，如果疫情好转的话，准备明年出国。"提到孩子，秋菊脸上不禁露出一丝微笑。

"孩子这么优秀，是你的福气啊。常言道，宁肯人家对不起我们，我们也不能做对不起他人的事，权当是积福了。"

"对啊，可是，他们这样做，换了谁都不会原谅的！"一提起自己所遭受的冤屈，秋菊就又气上心头。

"你们之间一定有很多误会，现在丽君还在看守所，鹏宇的朋友虽然已经取保候审，如果你不撤诉，鹏宇将面临判刑，还有丽雯。"

"没有什么误会不误会的，那是他们活该！"秋菊从鼻孔里冷不丁出了一口气。

"可是，他们家确实有困难，你提出的要求不一定能够达到，咱们今天过来就是为了大家能够退一步。"

"那是他们自己的事！"秋菊双手抱胸，往凳子后面靠了靠。

"人的成长过程中，难免会做错事，鹏宇不懂事才会这么做。"

"有其母必有其子！你看看他娘是什么德行就知道了。"

"你们之前关系不错，而且是闺蜜，她和你也有共同点吧。"

"那是过去式，甭提了！她说我插足他们家，搞得先生和我离婚不说，还动手打我……我也要给自己讨个公道啊。"秋菊直着脖子指了指胸口。

"他们动手打你当然不对，你也受了很多委屈，还好两个孩子如此优秀，你要给孩子做一个榜样对吗？"

"孩子真的很懂事，老公之前其实对我挺好的，因为他常年在外面做生意，在外有了其他女人，再加上丽君搅和，非说我和他老公搞男女关系，揪着不放。"

"倘若先生想和你复婚，你愿意吗？"

"这……我也不知道。"秋菊有些无奈地摇了摇头，垂下了眼帘。

"女人到了这样的年龄，求的是健康和安稳，图的是一家人和睦，如果有需要我们会帮你撮合。"

"嗯……"秋菊欲言又止，终是没说什么。

"于你来说，求的是一个公道。俗话说，冤家宜解不宜结，如果这样下去，不仅仅是两家的事了，还有鹏宇和丽雯都会受影响，特别是鹏宇这孩子，年轻不懂事，若判刑，将影响他以后的生活、工作。"吕大姐耐心地给秋菊摆事实讲道理，"再说，丽君的丈夫一年到头赚不了多少，要他们出那么多钱，法院执行不了，与其一点赔偿都得不到，还把这个冤越结越深，不如让他们给你一个道个歉，赔个礼。宁可人负我，切莫我负人，退一步，对大家都好。"

秋菊似有所动，若有所思地看着吕大姐。

"赔偿你三十万、二十万和十万，其实并不影响你的生活质量，想想你的两个孩子，这么优秀，会有福报的，你要的是理，讨个说法，对吗？"

秋菊望着窗外，轻轻地叹了口气。

"退一步，积德积福，否则还影响下一代，这个冤何时了呢？你就看在鹏宇不懂事的份上，给年轻人一个改错的机会，如何？"

"其实我也不想打这个官司。"秋菊点了点头，把自己的手指翻来覆去挨个儿揉了又揉。

吕大姐和胡子贵会意地看了一眼，走出了调解室。

（五）

"要秋菊不再打这个官司也可以，但你们先要有个态度，向她赔礼道歉。至于赔款，考虑你们家庭的情况，她说可以少赔一点，十万左右，你们觉得怎样？"

"这……"鹏宇看了一眼丽雯。

刚才听了吕大姐的一番话，鹏宇好像蜕了一层皮，瞬间长大了。此刻起秋菊阿姨以前的种种好来。小时候，两家人在一起出去玩的时候是多么开心啊。

终于，鹏宇点了点头。

看到秋菊进来，鹏宇赶紧起身，对秋菊深深地鞠了一个躬："阿姨……我……对不起，您能原谅我吗？"说这话的时候，他的眼圈突然红了起来。

原本还绷着脸的秋菊，看着眼前比她高出一个头的鹏宇，嘴角动了动，嗫嚅着半天说不出话。她深深地吸了口气，顿了顿说："鹏宇，我是看着你长大的，你还小，不懂事，阿姨原谅你，以后好好做人，我们的怨也到此了结……"

"嗯,嗯"鹏宇已经全然没有了之前的盛气，声音也低了好几度，"希望阿姨能够和叔叔和好……"他的一双手不知往哪儿放，不安地揪着胸前的衣襟。

"对不起，是我们不对，我和丽君向你道歉，让你受委屈了。"丽雯拉了一下鹏宇，两人再次对秋菊深深地鞠了好几个躬。

走出调解室，秋菊仰头长长地叹了一口气，眼泪扑簌簌地流了下来。她抬起那只受过伤的手，撩了一下额前的头发，感到一阵前所未有的轻松。

半截中指

（一）

　　吕大姐打电话给阿贵，让他周一下午务必抽出时间来人大代表联络站一趟，因为原告和被告都是他邻村人，让他一起参与调解。阿贵就爽快地答应了。

　　周一下午，锦升走进人大代表联络站，看到阿贵坐在那，愣了一下："咦？怎么是你？"阿贵也愣住了，他看看锦升，一时竟想不起是谁，摸了摸光光的脑袋，使劲回忆和这个人有过什么交集。

　　锦升看阿贵记不起，就说起了一桩多年前的事：那天刚好是唐先集市，十里八乡的人都过来赶集。锦升开着摩托车经过唐先村路口时，一个挎着竹篮子的老农妇突然从他前面横穿而过，锦升没能刹住车，把她撞倒在地。篮子里的鸡蛋随之"哗啦啦"滚出来，鸡蛋碎了壳，溢出一团团蛋黄，溅出来的蛋清在地上就像泼了一幅幅山水画……有人急匆匆走过时，不小心踩了上去，一个趔趄差点滑倒，地上顿时盖了好几个歪歪扭扭的脚印。

　　老农妇跌坐在地上，"哎哟、哎哟"叫个不停。锦升马上停好车，过去问老农妇哪里摔伤了。老农妇一手撑着地，一手指着那篮鸡蛋，说，看看，手破了，鸡蛋也摔坏了，你得赔钱。

锦升让老妇人先站起来看看，如果不行，赶紧去医院，如果就手破的话，涂一点药水就行了，鸡蛋的钱他会赔的。

赶集的人路过，纷纷围了过来。有人说，现在不疼不一定没事，回去后再痛起来就来不及了，何况你一个老人家……老妇人似乎明白了些什么，慢腾腾地站起来，拍了拍身上的灰尘，说，就是啊，到时候万一再痛起来，她去哪儿找人啊。

锦升看看老妇人手上的一点皮外伤，还有那一篮碎了一地的鸡蛋，说赔给她鸡蛋的钱，权当他买了。

老妇人说，那都是自己下的土鸡蛋，哦哦，不是，是自己家的老母鸡下的，本想拿出来卖，没想到碰上这事，她才不会答应赔点鸡蛋钱了事。

锦升眼见不赔点钱是不能脱身了，就对老妇人说，他没带现金，而她又没有手机微信，怎么付钱啊。

这时一个四十来岁的光头壮汉开车过来，他摇下车窗看到那么多人围着，就停下车，得知事情原委后，说他有现金，要多少。老妇人伸出剪刀手，说，至少两百。光头从口袋里拿出一个红包，抽出两张一百元人民币递给她。

老妇人迟疑了一下，一时不知道怎么办才好。

光头说，拿去就是，这么多人围着，妨碍交通，人没事就好，大家都赶紧回去吧。

锦升也颇感意外，说这钱一定要还给他。光头却摆了摆手，说算了，都各自忙去吧。说完他就上车走了。

围观的有人告诉锦升，这个光头是唐先五村的书记阿贵。

锦升看阿贵一时记不起他，就说："是你掏钱给我解了围，我都还没把钱还给你呢，你忘记了？"

阿贵又挠了挠头："被你这么一说，倒是有点印象，是有那么一回事。"

吕大姐笑了，说阿贵是个热心人，今天来调解你们的案件。吕大姐转过身看看锦升，让他既然想调解，就要拿出点诚意来。

锦升说他没搞明白，对方明摆着和他一起给房东干活，却要他来负责赔钱，按理他顶多也就负一半的责任。

林法官问他是不是包工头，当初对方住院期间若去关心一下，事后及时主动提出赔偿的话，也不会闹到这个地步了。

锦升说我即使是包工头，也是很小的包工头。他伸出小指头来比喻自己，和金荣只是合作伙伴而已，真要赔，也根本不用这么多。他叹了口气说："那天法院打我电话，我开车都在为这事恼着，还差点出车祸……"

那天，锦升听说金荣索赔七万八，挂完电话就把手机扔到副驾驶坐上，越想越气，一踩油门，嗖——车子往前窜了出去。

来来往往的车辆怎么这么多，前面的那辆奥迪为什么慢吞吞的，接完电话本来就很懊恼的锦升情绪有些失控，他不停地按喇叭，看到右边车道空着，方向盘往右一个侧身想超车过去，结果"嘭——"的一声，车头碰到了前车的屁股。锦升全责，所幸无大碍，只是一点小刮擦，不过他还得赔对方好几百。

听完锦升的诉苦，阿贵说："看看，为这事闹心，还差点出车祸，值得吗？既然你自己提出调解，说说看吧，给他多少？"

"当初他自己说赔六万的。"锦升说。

"那时他要求赔六万，你没有答应呀，现在判决下来七万八千，情况已经不一样了，何况人家少了一个指头。"吕大姐说。

锦升站起来说，最初调解的时候，本来就六万，一个指头要赔这么多？他掰了掰右中指，说是恨不得把自己的指头剁了！锦升并拢五指，狠狠地对着自己的指头砍了下去。

阿贵白了锦升一眼，说："以为是缝衣服啊，还是捏橡皮泥，你那个指头剁下来就可以接到他手上了？"

吕大姐说人家的指头都缺了，痛也痛了，残也残了，吃亏的总是他，别说现在愿意剁下指头，真的轮到你这样，估计又不这么想了。都换位思考一下，才能解决问题。

锦升哭丧着脸说，一年赚不到多少钱，之前已经给金荣花了一笔药费，他自己不按操作规程来有什么办法。当初房东找他装修，让他帮忙给再找个人来，他觉得金荣在外面干活太辛苦，好心帮他找点活来做，谁想到会这样……

"你去找他干活，还不是雇佣关系吗？既然这样，你就得负法律责任呀。"林法官说。

锦升低头不停地掰着手，不吱声。

（二）

七月的太阳火热火热的，整个工地就像一个大火炉，金荣热得每一个毛孔都打开了，不断地往外流汗。

他卸完工地里的砖头，拉起衣角，擦了擦额头上的汗水，想歇一口气，一屁股坐在阴凉处的石头上，从裤袋里掏出一支烟，刚刚放到嘴边，同村的锦升过来，"啪"，将点着火的打火机凑到金荣嘴边，又拍了拍他的肩膀说："金荣兄，这么热的天，真不是人干活的地方，工地上的活不是风吹雨打，就是太阳曝晒，太辛苦了。前些天我接了一些室内装修的活，报酬不错，如果愿意，这里忙完，跟我一块过去。"

"室内装修？我又不懂，是什么活？"吕金荣鼻孔里吹出长长的两道烟问。

"你一定会的。其实就是刨墙，把墙壁整平了。"

"刨墙？我只会干体力活，都六十多岁的人了，你要我学，恐怕不行吧。"吕金荣摇了摇头，吸了一口烟，想了一下，扭过头，"对了，报酬怎么个算法？"

"反正绝对比这工地的活来得轻松，钱也不会比这少。刨墙很简单，一学就会，除了傻瓜。"

"我比傻瓜总要好吧。"金荣笑了。

"当然当然，傻瓜岂能和你比。"

"哈哈，你这个人。"金荣推了一下锦升，说自己只是个实在人，多年的伙伴了还这么夸，谁不知道谁啊。

"你是实在人，干活不偷懒，改天带你去看看？"

"那我要回家和老婆商量一下。"

锦升戏谑他，这么点事还要问妇道人家，啧、啧、啧，真是……

金荣站起来，拍了拍屁股上的尘土，把烟蒂一扔，脚盖住烟蒂碾了碾，行，过几天这里的活干完就跟你去。

半个月后的一天早上，锦升的那辆柳州五菱载着金荣到了房东家。金荣甚至都没有弄清是在哪个小区，就跟着锦升来到他要干活的地方。锦升交待他到时候活干完打电话过来，又替金荣卸下背上的工具箱就走了。

金荣从工具箱里掏出家伙，他双手提起刨墙机，挺沉的，摸索了一阵子，试试开关按钮，照着说明书琢磨起来。他接上电源，小心翼翼地紧紧按住机器，从上到下，在轰鸣中，房间里顿时扬起白扑扑的粉尘。机器挨着墙体，像削果皮一样刮下一层层灰沙。

不多久，他擎着刨墙机的双手感觉有点酸，放下机器想放松一下僵硬的双臂，低头见地上的电线拧着，右手一拉，刨墙机居然蹦了起来，右手中指瞬间被卷了进去。

他使劲甩开机器，左手紧紧地捏着血流如注的伤口，跑到窗口大声呼救："不好了，一个指头没了……"因双手无法腾出来关掉刨墙机，聒噪的轰轰声掩盖了呼救声……

半个小时后，锦升和房东送金荣到了医院。三人脚不点地地赶到急诊室，医院的走廊里立刻传来一阵急促的脚步声。

锦升忙着帮他去挂号，房东则扶着脸色苍白的金荣，左右张望，前台的导医见了，就指了指左前方，让他们到外科急症室去。金荣挨着诊室的凳子下，紧紧捏住残指根部，双手高高地举起，他始终没敢往那血淋淋的指头上看。

锦升挂了号，捏着就诊卡和门诊病历急匆匆来到诊室。医生把住金荣的腕部，掀开他指头上胡乱包着的被血浸透的手巾纸，掀开时因被血黏住扯到了伤口，金荣呲牙咧嘴不停地"嘶嘶嘶"直抽冷气。医生取了一块纱布将耷拉着的半截指头捏了捏，看了看金荣，又看了看锦升，说指头保不住了。

锦升和金荣几乎带着祈求的口吻且异口同声地说："真的保不住了吗!？"金荣带着颤音。

医生手里好像捏的不是指头而是一块肉，他端详一番那残指端，说，都被碾压得不成形了，怎么接啊，你们自己看看？金荣咧着嘴，快速瞟了一眼，又赶紧闭上眼睛把头扭过一边，两条腿不停地抖动，也不知道是太痛了还是太紧张所致。残端流出的血顺着手背滴到了膝盖上。

金荣不敢正视残指就像不愿正视病情一样，嘴里却嚷嚷着让医生想办法保全，锦升也一个劲地恳求医生再想想办法。

医生却不停地摇头，还一定要金荣自己亲眼看看那残指，他说，如果好接，为什么不接，问题是现在的指头就像破布一样，没法缝，又不是橡皮泥可以捏回去，这伤口也不是刀砍的那种，被刀砍的还有机会给他做断指再植，现在不具备条件呀。

当医生又告诉他们手术中指头还要再截掉一点，到时会比现在看到的还短时，锦升和金荣惊得下巴掉了大半，连问为什么。

医生抬起手，为了便于他们理解，他耐心地拉拉袖口说，就像这个，如果要包住手，要不就是袖口加长，要不里面的截短；包饺子你们总该懂吧，皮比馅儿要大才能包住呀，明白不？边缘的皮肤已经绞得参差不齐，血供又不好，只有剪掉里面的骨头，让血供好的皮肤包住，这样伤口才能长起来。如果留太长，周围皮肤血供不好伤口长不起来，说不定还得再次手术。若不剪短一点，不仅要吃更多苦头，还多费钱。

医生的话就像给这个指头判了死刑似的，金荣不停地跺脚，绝望中带着哭腔直喊，焦塞好！焦塞好！（这如何是好的意思）

既然没有回旋的余地，只能面对现实了。这时，他们才想起应该打个电话给金荣的老婆。

"雯君，赶紧到医院来，一个指头没了……"金荣在电话里头，带着哭腔说。

刚住院时，锦升帮他交了两千元，后来医院催款，锦升就没再来交。那是因为锦升觉得如果这时候再主动出钱，这事就真的全部揽到他的头上了，金荣自己操作不当难道就没有责任吗？

出院后，雯君拉着金荣、带着出院发票去锦升家评理，让他去把住院期间的医疗费补上，并要求赔偿费六万元。

锦升就说这事不应该由他来负责，他们俩都是给房东干活，责任得对半开。雯君说他欺负老实人，当初她的老公都不知道去哪里干活，就稀里糊涂地跟着去了，是锦升叫的，当然找他。

事后，龙山法庭做过调解，但双方没谈拢，不欢而散。半年后，吕金荣伤残鉴定为十级伤残，法院判决赔偿七万八千。

（三）

金荣把手搁在桌子上，那握着拳的右手，半截中指光溜溜地指着前方，边上坐着他的老婆雯君。

林法官说案子虽然已经判决，介于被告方希望通过调解来解决，所以，今天让几个人大代表一起过来调解，看看能不能行得通。

雯君抬起头看到阿贵，也说他好生面熟，只是一时想不起哪里见过。吕大姐说，他是你们邻村唐先人，永康市人大代表。

雯君说，难怪的，阿贵人挺好的，在村里威信很高。吕大姐打趣道，若不好，他当得了代表啊。

阿贵憨憨地笑了笑，又摸了摸光光的脑袋说，大家还是说正事吧。

或许因为她认识阿贵，或许是之前阿贵在她心中的好印象，这时候的雯君表情似乎没有刚进来时严肃了。她说他们也不想到这个地步，谁让锦升之前一点态度都没有，还说金荣也有责任的，这个刨墙机的开关在右边，怎么会弄伤右手。这是什么话，难道是故意弄伤不成？她侧身看了一下坐在一边不吱声的金荣，用胳膊肘碰了碰他，"你和他们说说，这事是谁先没有道理？"

"这事当然是他没有道理，之前他六万都不愿意出。"吕金荣说。

吕大姐问他们现在的要求最低是多少？但这个数一定不能七万八。

"现在'涨价'了，那就至少七万。"雯君看了一眼金荣，见他只顾看着半截中指，胳膊肘又碰了碰他，"你倒是说呀。"

林法官发话了，你俩意见怎么不一，既然过来调解，不能两人各开一个价。

金荣抬起头轻声说："她说了算，我没和她商量去接这活，她都数落我。再说我这手指，时常感觉整个指头还在，还经常隐隐作痛，医生说是'幻肢痛'，伤残也鉴定出来了，赔七万不过分，我们已经让步八千了。"

吕大姐说，既然对方提出希望通过协商来解决，让金荣再退一步。法院判决是不顾及情面的，而调解协商让人感觉情还是在，都是同村人，低头不见抬头见，还有后代，总不至于为这事老死不相往来吧。

雯君说，锦升这个精怪都不顾及情面，我们还要顾及这些？赔七万，算给面子退一步了。

阿贵指了指隔壁，和吕大姐说他去那边谈谈，就起身走了出去。

阿贵对锦升说，对方明确至少七万，问他是否能接受。锦升求阿贵再帮他砍砍价，他只是赚点小钱的人，比七万少一点就行。阿贵摇摇头，说，法官明确他们双方是雇佣关系，就像他的柳州五菱撞到人家奥迪一样要负责任，解决了就心安。说完走出门去，又扭头扔下一句话：价格再降，不见得他们会同意。

阿贵在十来分钟的时间里，一会儿面对金荣一会儿又面对锦升，来来回回跑了好几趟，谁让双方都说认识他呢？看来吕大姐今天约他过来一起参与调解也是找对了人。当阿贵和锦升说价格谈到六万九时，锦升苦苦一再央求他，最好再少两千。为了替金荣砍下这几千块钱，几乎磨破了嘴皮的阿贵把眼睛一瞪，说："再这么砍价、还价，干脆那两千我也给你出算了！"

锦升连忙摆手，哭丧着脸说，那使不得，使不得，可是我真的拿不出那么多钱来，无论怎样再帮帮忙，努力一下。

"他如果这样精，我一分都不少！"当雯君听到阿贵又折回来把锦升的意见说了之后，她忽地站起来，一个巴掌落在桌子上，发出一声脆响。

吕大姐示意雯君坐下，既然双方都认识阿贵，让他们看在阿贵的面子上，就六万八，行不行？

雯君这才坐了下去，把头甩了一下，好吧，我看在你们的面上。

双方签好调解协议书后，吕大姐和阿贵把锦升拉倒一边，轻声说："他们是给你面子的，有些事不能太精明，本来就是你不懂法所致。以后在村里千万不要再提你是吃亏的、半截中指要赔这么多、他自己有责任之类的话……"锦升连连点头称是，并连声道谢。

剖宫怨

（一）

看着熟睡中的儿子，母爱在胡英英心中轻轻地荡漾着。她起身穿衣服时，下意识地摸了摸在下腹部突起的那道疤痕，感觉它就像一条蜈蚣横在那里，若天气变化，还时有瘙痒之感，不禁又心生许多怨恨。

儿子出生后，她睡眠就一直不好，医生说她有轻度抑郁，这道疤痕是儿子来到这个世界的出口，每次触及，胡英英就如刺梗于喉。

那是两年前，黄家庆陪着大腹便便的胡英英来到医院，她预产期已经超过几天，经过各种检查，医生说是胎儿脐带绕颈，若顺产胎儿可能会有危险，最好是剖宫产。医生护士让她签了好几张告知书，告知麻醉和手术可能会发生什么什么的，语速似乎有点快，胡英英也没去细听，她在各自告知书上就签了字。反正这么多人都剖腹产的，总不至于那么倒霉吧。

胎儿在肚里不停地踢腾，肚皮骤然鼓起，又缓缓地歪倒一边去，小生命似乎迫不及待地要出来。一阵阵宫缩疼得胡英英躺在床上直打滚，所以她也希望快点手术，对于可能发生的各种意外，医生说是千分之一、万分之一乃至几十万分之一的概率，胡英英还是愿意勇敢地去面对，接受第一个新生命的诞生。

手术的时候，胡英英迷迷糊糊的，又似乎是清醒的，听到宝宝的第一声啼哭，听到医生告诉她是儿子，听到医生告诉她手术顺利已经好了……回到病房时，她看到襁褓中的儿子粉嘟嘟的，睡得正酣，一阵甜蜜的感觉袭涌全身，初为人母的幸福，让她暂时忘却了不久之前所承受的痛。

产后第一个晚上，胡英英浑身出汗，湿透了好几身衣服。

第二天早上，医生过来查房，看了她的腹部切口敷料，摸了摸又轻轻地压了压她的小腹部，问她有哪里不适。胡英英说出汗很多，腰背隐隐胀痛。医生说，产后出汗是正常的，剖宫产手术后，也会有胀痛的情况，还有，可能和手术时使用硬膜外麻醉有关系。

医生说了一些让胡英英无需担心的话，但是，腰背部的胀痛、乳房的胀痛，加上不停地出汗，身上黏糊糊的，令躺在床上的胡英英浑身不适。

一个身着粉红色护士服的女护士来到床边，轻声交待胡英英，一定要让婴儿尽早吸吮乳头，讲了很多母乳喂养的好处，如可以提高宝宝的免疫力，尤其是初乳，含有丰富的抗体；母乳可以满足宝宝的营养需要，容易消化和吸收；母乳新鲜无细菌无污染，直接喂哺省时省力、又经济；产后哺乳可以刺激子宫的收缩，促进母亲早日康复，等等。胡英英自是用心听着并牢牢记住，为了宝宝的健康，也为了让自己尽快康复。

可不知怎的，胡英英的腰背胀痛好像越发严重起来，腹部切口又隐隐作痛，根本不敢坐起，哺乳成为一件非常困难的事，急得初为人母和初为人父的胡英英和黄家庆不知道如何是好。

护士说，那就侧身让宝宝吮吸吧。胡英英侧过身，可宝宝吮吸的力度好像又不够，再怎么努力也无济于事，宝宝急得吐出乳头，"哇哇"大哭起来。

"要不让你老公吸吮一下？"护士对胡英英说，吸出初乳通常需要很大的力气，因为乳腺管还没有打通。

黄家庆不好意思地愣了愣，不自然地看了一眼胡英英。

胡英英的脸也唰的红了，伸手打了一下他，说："不行不行，如果他吸了岂不是初乳都到他嘴里了，宝宝还吃什么呀。"

护士笑了，说："让他先吸几口，乳腺管道通畅了之后，宝宝自然就省力了呀。不过还有一个办法，你们买吸奶器来吸也可以。"

又过了一天，胡英英感觉腰背的疼痛越来越严重，比起乳房的胀痛，不知道要难受多少倍。

上午医生照例过来查房，还是昨天说过的那几句话。

下午，黄家庆看胡英英腰背胀痛得坐卧不安，他拉响床头的呼唤器又跑到护士站。护士过来说，这些情况医生和你们说了，手术以后本来就有这些症状的，慢慢会好起来的，不要急。

难道其他产妇都这样？胡英英就问了隔壁床的产妇。那人说，出汗多是正常的，但腰背部是否也这么痛就不得而知了，因为她是顺产的。

黄家庆又跑到护士站，问病房里还有哪几个产妇是剖宫产的。

"你问这个干嘛？"护士满脸疑惑地问道。

"我只是想了解一下情况。"黄家庆说。

护士用怪怪的眼神看了他一眼，没有吱声。

到第三天早上，黄家庆已经急得如坐针毡，他对过来查房的医生很不满意。等查完房，胡英英去做了B超、核磁共振、肾功能检查之后，原来她这几天的酸胀痛是剖宫产引起的输尿管狭窄梗阻！可是怎么会这样呢？这不就是明摆着你们的医疗事故嘛！黄家庆的嗓门越来越大，话语也越来越急。

胡英英顿时从幸福中跌入冰窖，自己会不会死啊，若这样，岂不是宝宝才出世就没有了母亲？……尽管医生和她解释，当初手术前就告知过你们，剖宫产有可能会导致邻近器官的损伤，虽然发生的概率很小，现在发生了，是没有办法的事，谁也不希望发生，他们会尽快采取补救措施。但是，胡英英不会再相信了，你们说手术导致的并发症，还不是你们的技术太差！我就是你们说的千分之一、万分之一乃至十几万分之一的那个"一"！

当天，胡英英就转到省城的人民医院接受进一步治疗。

因为后续治疗需要再次手术以及抗生素的使用，医生让胡英英暂时停止母乳喂养。说好了的母乳喂养成了人工喂养，宝宝不能喝母乳，诸多母乳的好处宝宝一样都没有享受，胡英英心情是糟透了，在省城人民医院又住了差不多一个月。

上级医生说，幸好早点过来，否则麻烦大了，若长时间不解除，左侧的肾就会坏死。医生告诉胡英英，出院后还得门诊随访一年半，而且不能劳累过度。

（二）

胡英英告诉准备出门的黄家庆，说法院让他们下午过去调解，下午要安排好时间。

"是不是医院这边让我们过去的？"黄庆生问。

"谁知道，都两年多了，也许是医院让我们过去调解的。"胡英英回答道。

"之前不是医院不肯按照我们要求的赔款吗？既然这样，也不急，倒是伤残鉴定得早点出来，让我们也有打官司的理由。"

"话是这么说，可是一时半会鉴定也出不来啊，既然让我们过去，先去看看呗，听说是人大代表联络站在负责调解这事。"

几天前，雷科长接到法院通知，他将代表医院去解决两年前产科的这起医疗纠纷。院长交代，先调解，不急着解决，真不行，等伤残等级鉴定出来再说。

下午，在法院的 202 调解室内，原告胡英英和黄家庆，被告医院方的代表雷科长，面对面隔桌而坐。桌子的另一头，是法官和吕大姐。

法官简单说了一下这次调解的目的，话音刚落，胡英英便迫不急待地说，因为身体出了问题，这两年来她三天两头往医院跑，医院技术不好也就罢了，如果那时给她及时处理也不至于这样，可是事发后，院方一直没有向她道过歉。

黄家庆也说，院方还催他们把住院欠的费用先交了再走，态度很差，一点也不理解他们的心情，不安慰不道歉，实在太过分了，去省人民医院的钱都是他们自己垫付的，如果家庭条件很差的咋办？虽然现在有农保，但也需一大笔钱啊！

黄家庆越说越来气，雷科长的脸色也越来越难看，几次想开口，但又忍住了。

吕大姐示意雷科长先回避一下。雷科长苦笑了一下，一把抓起桌上的手机转身走了出去。

（三）

　　"之前听长辈们说，生一个，去一半（身体受损），女人生孩子就像过鬼门关。可是，这样的说法是在医疗技术不发达的时候，现在都什么年代了呀。"雷科长离开后，胡英英马上又说开了，"好端端的剖宫产被弄得输尿管出问题，谁接受得了。而且我出院后，医院也没有人来关心过。"

　　"你现在身体状况还好吗？"吕大姐关切地问。

　　胡英英摸了摸自己的腰说："睡眠不好，有时候要吃安眠药。还有经常有腰酸什么的，其他都还好，只是复查的时候医院也不敢说以后肯定没事。"

　　"事情已经这样，先不去追究过去，你们想过怎么解决吗？"

　　"医院至少要赔二十万！"黄家庆脱口而出。

　　"我理解你们的心情，你的身体和精神都受到伤害，虽然院方也存在过错，有过错但不至于赔这么多。再说了，如果按法律程序来走，赔多少是要有依据的，伤残鉴定办了吗？"

　　"申请一年多了，到现在还没有定下来……医院也没有表态，既然有错至少也要主动一点找我们解决啊。反正我们也不着急。"黄家庆一副不屑的样子，胡英英用胳膊肘轻轻地碰了碰他。

　　"先说明一下，人大代表联络站不是因为你们哪方急着要解决，是因为我们关注这个群体。"吕大姐诚恳地说，"作为病人一方是不幸的，你身体能恢复好那是真的幸运，这坎过去，说明你们以后也会越来越好，如果一直纠结这事，对身体也不好。"

　　"话是这么说，可是医院对我们也应该有个交代啊，道个歉就那么难吗？理亏的难道不应该有积极一点的态度吗？"黄家庆的不满又爆发了，"出了这样的事，对我们的伤害有多大，他们知道吗？既然已经打官司了，就别想这么轻飘飘地过去，至少得陪二十万！"

"我想提醒一下，你们预判的结果，即便有伤残鉴定，就算定为十级伤害，也不到十万。"法官说。

"是的，鉴定下来顶多就是十级，赔偿金额可能不到十万，如果鉴定不下来，估计赔偿金额就几万块钱而已。"吕大姐接着说，"我们非常理解你们的心情，只是赔偿要符合实际。其实即便再多的钱，也无法弥补你们所受到的伤害，所以希望你们好好考虑一下。"

"这个……"黄家庆愣住了，一时无语。

"对医院来说，他们当然也希望等鉴定出来再说，这案子一直拖着总不是办法，你们的诉求我理解。我们让双方有个定调，大家也可以早点安安心心过日子。"吕大姐继续说，"不过，请相信，我们既不会偏袒你，也不会偏袒医院，而是会在考虑双方利益的基础上进行调解。调解对你们来说应该是好事，所以要考虑一个让对方也可以接受的价位。"

听完吕大姐一番入情入理的话，夫妻俩沉默了。

（四）

雷科长一看到吕大姐就说："还好你让我出来，刚才听到他们这么说，感觉我的血压在飙升，怎么能说医院对她不关心呢？事发后，主刀医生加了她的微信，并一直在关注她，是他们起诉后才不联系的。我们也和他们和解，但是他们一见面就噼里啪啦的指责医院，根本就给我没有解释的余地，还说催他们交钱，这是绝对没有的事，医院出了这事，哪个当事人会很悠哉，我们其实也很着急、很担心的啊。"

"这个我们不去追究了。既然你代表单位过来，那么说一下单位是什么意见？"吕大姐直接把话题引入正题。

"可我还是想说，医院真的对这个病人很尽力，本来剖宫产的病人术后也有腰酸这样的症状……"雷科长觉得自己的话还没说完。

"不管怎么说，无论是医生的技术问题还是责任心问题，虽然没有导致严重后果，但从病人角度看，吃苦头的总是病人。"吕大姐也实话实说。

"手术本来就有风险，而且很多是不可控的。医生和病人其实承担同样的风险，我们也是弱者啊，医护人员累死累活一不小心就被告上法庭，谁来保护我们？"雷科长也有些激动，但他很快就让自己平静下来，说："所以我们建议她去做伤残鉴定啊，反正也不急。"说着，他摊开双手一副无所谓的样子，站了起来。

"医院不急，他们也说不急，那是我们急喽？这事都搁在这里两年多了。话说回来，医院多多少少总是有一定过错，病人也承受了很多痛苦，这是无法弥补的，在道义上我们是否应该为病人多考虑一些呢？"吕大姐就事论事。

"我们是想解决，问题是他们要求赔偿的金额太高了！她去省人民医院第二次出院记录就提示左输尿管全程通畅，可她还一直说身体怎么怎么不好，让他们提供复诊的其他检查材料也不给，你说，怎么让我们信服呢？"雷科长说着，身子侧了一下往后靠，手搁在椅背上，"我看顶多也就是十万，伤残鉴定如果下来，按她的伤残级别，赔偿金额可能还不到这个数，所以我们当然希望等鉴定出来再说啦。"

听了雷科长的话，吕大姐心里已经有了底。

（五）

吕大姐问胡英英剖宫产住院期间是否还欠医院两万左右费用没有结账。黄家庆说："你说我们还会付钱吗？都已经被折腾成这样了，虽然我们不差这么一点钱。"

吕大姐说，刚才法官也说了，如果够不着伤残鉴定的级别，是赔不了这么多的。再说你们不是和个人打官司，现在过来的是医院的医务科科长，他只是代表单位，他说了也不算。如果十万左右，她可以再去谈谈看，否则就开不了口了。

黄家庆又说，出了这事，医生还是照样上班，按说当事人应该受处分！

吕大姐说："医生是否应该受处分，不是病人来定的，医院有自己的规章制度。一般来说，有纠纷，当事人是要回避的，这不是个人与个人打官司。"

黄家庆沉默了片刻，说："那……能不能再多一点，虽然我们不差钱，但给这个补偿心里多少总是一个安慰。"

"你们不是还有两万左右欠费吗？减去欠的那笔费用，按我们建议的这个款额，你看行不行？不过我还得先跟那边商量一下。至于医生的过错，既然已经发生，院方自然会处理。"

"可否再多一点呢？"胡英英轻轻地说。

"你呀，有些事情能够早点了结比搁在心头对自己更有利，接下来开开心心地面对未来的生活多好。再说，我还不知道医院是否愿意呢，你身体恢复不错就要放宽心。好不好？"

胡英英把手一挥："算了算了，就这样吧，解决了我也可以睡个安心觉，再拖我们也累，心累！"

"这绝对不可能！"雷科长瞪大眼睛说。

"你先听我说嘛，我们说的这个数其实已经包括欠医院的那两万了。"

"哦，这……我还要问一下院长。"

雷科长挂完电话后说："医院本来是想等伤残鉴定出来再说的，既然吕大姐说了，早点解决也好，就这样办吧。"

半途开溜的原告

"我们走吧，我已经通知原告方林，让他下午四点准时在桥头站点等，到时给我们带路。现在还未到下班时间，路上应该不会很堵。"林法官一边说，一边和人大代表吕大姐、黄美媚一起上了车。

车子很快就到了与方林约定的地点，等了约莫五六分钟，还不见有人过来。林法官再次拨通了方林的电话。

"稍等，我刚刚从单位请假出来，马上到。先去买个肉麦饼，有点饿了。"方林在电话那头说。

又过了五六分钟，黄美媚看了一下手表说，他要再不来，马上到下班高峰期了，路上会很堵，要不再催一下。

正说着，林法官指着车子的右前方，说："来了，就是他！"

顺着林法官所指的方向，吕大姐和黄美媚看向窗外，只见一个四十岁不到、个子不高、穿黑色 T 恤的小平头男子，正边走边啃着肉麦饼，不紧不慢地朝他们这边走过来。

方林拿着尚未落肚的半个肉麦饼上了车，腮帮子鼓鼓的还在咀嚼着。

"让你们久等了。"因为嘴里含着食物,他的口齿显得有点含糊,麦饼的香味也随着"吧唧、吧唧"声在车内弥漫开来……

吕大姐打开车窗,风进来,车内的气味不一会吹散了。

路上的行人不多,来往的车辆不少。路边的梧桐树不断地往后退,绿化带的草地上,飘落下不少枯黄的梧桐叶。梧桐树的影子拉得老长,树冠下斑驳的阳光,倏忽一闪而过,好像阳光也碎片化了。

"到了!黄尚卫的家就在前面,左前方第三栋房子,2单元,501房间,咱们车还是停远一点,就在这好了,否则那里不方便停车。"方林指着前面的房子,咧着嘴,用小指甲剔着牙。

前面几排老旧的楼房,灰扑扑的墙上拉着好几根粗细不等的黑色电线,在每栋楼房中间横过,似乎活生生地要把楼房割裂开来,又似乎在连接着什么。

房子是20世纪80年代造的,每栋楼的间距不宽,每户阳台上都安装了不锈钢防盗窗,就像一个个笼子。有些防盗窗外还搭了雨篷,使楼房之间显得更拥挤。靠路边的那栋楼房下,歪歪扭扭地停着几辆电动摩托车。

下了车,方林走在后面指指点点,喏,就是这!一行人顺着方林指的方向往前走。

来到单元入口,一股淡淡的中药味飘过来。大家走楼梯上了五楼。"咚、咚、咚",法官敲响了501房间,可是门老半天没有开。

吕大姐一回头,不见了方林,左右看了看,说:"咦?人呢?"林法官和黄美媚也四处张望,又趴到楼梯的窗口往下看,也未见方林。他们三人一时愣住了。

这时,501室的门小心翼翼地开了一道口子,那股中药味更加浓烈起来。

门缝里探出半边脸，警惕地打量他们。

"请问，这是黄尚卫家吗？"法官轻声问道。

"是的，什么事？"门又开大了一些，露出整张脸来，满脸狐疑地上下打量着站在门口的几个陌生人。法官说明来意之后，女主人才把门完全打开。

女主人头发花白，脸色蜡黄，七十来岁，矮小精瘦。客厅很小，有些拥挤，靠墙的桌子上有两盘剩菜和半碗米饭。虽然门窗开着，因为前面的房子挨得太近，室内还是显得昏暗，让人感觉压抑。

"我实在拿不出钱来替儿子还债。"女主人抹着眼泪说，黄尚卫做生意亏本，自从法院判决之后就上了黑名单，现在一年到头在外面，五岁的儿子留给他们照看；去年她自己乳腺癌刚刚开过刀；丈夫上个月摔伤了腿，现在还打着石膏躺在床上；她还要照顾一个九十多岁老年痴呆的公公……所有的开销就靠自己那点退休金，哪有能力替儿子还债……

女主人一边哭诉着，一边指向一旁。大家顺着她的指向，只见一个目光呆滞、表情木讷、头发稀疏、佝偻着弱小身躯的老人，一声不吭地坐在破旧的沙发上，他的旁边是一堆凌乱的衣服、被褥。女主人若不说，他们都不知道这里还坐着一个人。老人家已经完全淹没在混乱中。

"和他说那么多废话干嘛，甭理他们就是！"房间里传来极不耐烦的逐客令。

"奶奶，奶奶，他们是谁啊？爷爷说，你得抓紧做饭了。"一个小男孩拿着缺胳膊少腿的变形金刚，从那个发出逐客令的房间里走出来，好奇地看着站在门外的人。

林法官、吕大姐和黄美媚互相交换了一下眼色，无声地退了出来。

出了黄尚卫家，吕大姐问送他们过来的司机，可曾看到方林。

"我看他和你们一起走的呀。"司机回答。

吕大姐转身对法官说，打个电话给方林吧，让他到法院一趟。

"现在去法院？你们不是要下班了吗？"方林在电话那头问。

"对，就现在。"法官的语气不容置疑。

"这个方林，怎么到了家门口独自开溜了？还让我们去给他要钱？"

"这两万块钱为什么欠他的，得让他说说清楚。这钱该不会是赌博欠的吧？"

"也说不定是高利贷……"

在回来的路上，大家七嘴八舌地议论着。

"案子虽然判下来了，但被告如此家境，怎么开得了口呢？"法官无可奈何地说。

之前听说法院执行难，这回吕大姐和黄美媚总算切身体会到了。

三人回到法院时，方林已经在调解室门口等着了。

看到方林，吕大姐皱了一下眉，径直问道："你居然不吭一声就开溜，什么意思嘛？"

"我……我……呵呵，我不好意思去他家……"方林挠了挠头，又抹了抹脖子，歪着嘴尴尬地笑了笑。

吕大姐问他是不是早就知道黄尚卫父母的状况时，方林低下了头，耸了耸肩，使劲搓着双手，轻轻地说："是的……"

"大家给你解决问题，你倒好，拍拍屁股走人了，有你这样做的吗？要讨债，也得找他本人呀。"吕大姐还有些生气。这时，方林全然没有了之前讨债人的牛气，闪烁其词道："呃、呃，是的。"

吕大姐问黄尚卫是什么情况下写的欠条，该不会是赌博时借的吧。方林直了一下身子，说："那倒不是。我和尚卫是朋友，他几年前做生意需要周转资金向我借的，真的。"

"既然你知道他家境况，他们现在还需要救济呢，你还好意思去为难他的父母，这还算男子汉吗？讨债也不是这个讨法的嘛。"

"嗯……这个……"方林有意避开吕大姐的目光。

"你想想看，这样的案子即使判下来了，能执行得了吗？黄尚卫还为此上了黑名单。"吕大姐直视着方林，继续说："得饶人处且饶人，与其一点都拿不到，不如少一点，是不是退一步，把这个案子和解了？"

"……这样吧，你吕大姐说了算，你说多少就多少。"方林的"意思一下"让大家看到了和解的希望。

"五千怎样？要不我去和被告那方谈谈。"

"行，你说了算！"这次方林倒也十分爽快。他抬起头，直了一下身子，一点也没犹豫。他想，与其一分也拿不到，还不如实实在在地拿到多少算多少。

走出法院大门时，吕大姐他们才感到饥肠辘辘。

大街上，华灯初上，路上车流来来往往，正匆匆往家赶，亦或正匆匆离家而去……